KB080033

라테파파

KBS 김한별 아나운서의 육아대디 성장기

라테파파

KBS 김한별 아나운서의 육아대디 성장기

초판 1쇄 인쇄   2018년 2월 19일
초판 1쇄 발행   2018년 2월 26일

지은이   김한별
발행처   이야기나무
발행인/편집인   김상아
아트디렉터   최고야
기획/편집   박선정, 김정예
홍보/마케팅   한소라
디자인   송민선
인쇄   중앙P&L
등록번호   제25100-2011-304호
등록일자   2011년 10월 20일
주소   서울시 마포구 양화로 10길 50 마이빌딩 2층 (04047)
전화   02-3142-0588
팩스   02-334-1588

이메일   book@bombaram.net
홈페이지   www.yiyaginamu.net
페이스북   www.facebook.com/yiyaginamu
블로그   blog.naver.com/yiyaginamu
인스타그램   @yiyaginamu_
YellowID   @이야기나무

ISBN   979-11-85860-40-4 03810
값   13,000원

이 도서의 국립중앙도서관 출판예정도서목록(CIP)은 서지정보유통지원시스템 홈페이지(http://
seoji.nl.go.kr)와 국가자료공동목록시스템(http://www.nl.go.kr/kolisnet)에서 이용하실 수 있
습니다.(CIP제어번호:2018003099)

ⓒ김한별
이 책은 저작권법에 따라 보호받는 저작물이므로 무단전재와 무단복제를 금하며, 이 책 내용의
전부 또는 일부를 인용하려면 반드시 저작권자와 이야기나무의 서면동의를 받아야 합니다.
잘못된 책은 구입하신 곳에서 교환해 드립니다.

라테파파

KBS 김한별 아나운서의 육아대디 성장기

김한별 지음

 이야기나무

육아휴직을 결심하다

"어릴 적 일기 속 내 꿈은 '좋은 아빠'였다."

육아휴직을
결심하다

작년 겨울 작은 교통사고가 있었다. 가족과 만날 수 있는 주말을 앞두고 있었기에 마음이 바빴다. 우리는 '3대가 덕을 쌓아야만 할 수 있다'는 주말부부였다. 우리에게 주말은 너무나 짧고 소중했다. 빨리 집에 가고 싶었다. 급한 마음으로 길을 건너다 차에 치였다. 순식간에 일어난 일이었다. 몸이 공중에 꽤 오래 떠 있었던 것 같다. 학창 시절에 배웠던 후방 낙법을 쳤다. 좋아, 자연스러웠어. 남들이 보기에 나쁘지 않게 떨어진 것 같다는 생각까지 했다. 방송국 앞이었다. 누가 알아봐도 비웃지는 않겠지? 이런 생각까지 할 정도로 가벼운 사고였다. 그렇게 생각했다. 사고가 나자마자 움직일 수도 있었다. 교통사고 확인 차 병원에서 엑스레이와 뇌 CT 등을 찍었다. 눈에 보이는 증상은 없었다. 주말 일정이 있었기 때문에 일단 집으로 향했다.

'교통사고가 났습니다.'

부장님께 전화를 드렸는데 받지 않으셨다. 문자를 남겼다. 한참 뒤에 '몸조리 잘하고 월요일에 보자'는 메시지가 도착했다. 평소처럼 사무적으로. 교통사고라는 게 이렇게 별일 아닌 거구나. 교통사고가 처음이었기에, 부장님도 별일 아니라는 반응을 보였기에 정말 별일 아니라고 생각했다. 평소처럼 주말을 보내고 새벽 뉴스 진행을 위해 광주로 향했다. (나는 세 번째 발령을 받고 현재 KBS 광주방송총국에서 근무 중이다)

새벽에 TV 뉴스를 진행하고, 라디오 생방송을 마쳤다. 갑자기 어지러웠다. 뭐지? 잠이 부족했나? 내 소식을 접한 선배들은 '교통사고 났다면서 입원은 안 하고, 왜 여기 있는 거냐'며 놀랐다. 나도 놀랐다. 교통사고를 당하면 입원을 해야 하는구나. 난 입원을 했고 뇌 MRI를 찍었다. 교통사고 확인 차 가볍게 찍었던 뇌 CT에서 종양처럼 보이는 무언가가 발견되었다는 말을 들었다. 윤슬이, 그때는 태명이 '봄이'였던 딸을 만나기 두 달 전 일이었다.

'입원하지 말까?'

처음에는 병원 앞에서 잠시 고민했다. 내가 하고 있는 방송들이 걱정이었다. 그 당시 나는 방송국에서 방송을 제일 많이

하고 있었다. 그 열정과 노력을 인정받아 PD연합회에서 주는
'TV 진행자상'까지 받았던, 어쩌면 가장 화려한 순간이었다. 겉
으로는 말이다. 일 욕심도 많았지만, 그때 내겐 나보다 방송, 회
사가 더 소중했다. 방송에 대한 걱정으로 입원을 고민하고 있을
때 회사에서 연락이 왔다.

"입원한다며? 입원할 때 하더라도 병가는 직접 와서 내도록
해요. 진단서와 함께. 그리고 혹시 진단서 내러 회사 올 거면 내
일 새벽 뉴스 좀 진행하면 안 될까?"

공감이라고는 찾아볼 수 없는 사무적인 내용. 교통사고로
입원을 앞둔 사람에게 내일 생방송을 강요하는 부장님의 전화
를 받자 온몸에서 힘이 빠져나갔다. 몸보다 마음이 더 아팠다.
나보다 방송과 회사를 먼저 생각했는데…. 몸도 마음도 지친 상
태에서 받은 그 전화는 입원을 결정하는 계기가 되었다.

입원한 병원은 발령지인 광주에 있었다. 바로 MRI를 찍을
수 있다는 말에 혼자 입원해서 뇌 MRI를 찍고 정밀 검사를 했
다. 처음 보는 MRI 기계의 웅장함과 시끄러운 굉음에 압도됐다.
움직이지 말고 가만히 있으라는 말에 정말 꼼짝도 하지 않고 가
만히 있었다. 나는 평소에 말을 잘 듣는 성격이었다. 말 잘 듣고
건강하게 잘 살아왔는데, 지금 내가 여기에, 혼자, 왜 누워 있는
건지 도무지 알 수가 없었다. '가만히 있으라'는 간호사의 당부
가 다시 떠올랐다. 생각조차 하지 않으려고 노력했다. 생각을 하
면 그대로 MRI에 찍혀 나올 것만 같았다. 숨 쉬는 것조차 어색하

육아휴직을 결심하다

고 불편할 만큼 병원이란 곳은 나와는 어울리지 않는 곳이었다.

'우리 딸 봄이를 볼 수 없게 되는 건 아닐까?'

여러 가지 생각들이 비로소 가족에 닿았을 때, 두려움이 몰려왔다. 많이 무서웠다. '만약'이라는 부사와 함께 떠오른 '죽음'이라는 단어 앞에 아무 것도 할 수 없었다. 나도 모르게 눈물이 났다. 평소 안구 건조 때문에 눈물도 없던 나였다. 미치도록 보고 싶었다. 아내, 가족, 소중한 사람들. 무엇보다 두 달 후면 만나게 될 우리 딸 봄이를. 만약 오늘이 마지막이라면 내가 해야 할 것은 너무도 명확했다. 내 인생에 가장 소중한 것이 무엇인지 분명해졌다. 내 삶의 모든 기준이 바뀌는 순간이었다.

해면성 혈관종. 처음 듣는 단어였다. 모르는 단어가 주는 공포. MRI 결과를 말씀해 주시는 의사 선생님의 표정을 살폈다. 선생님의 미소는 온화했다. 정말 다행스럽게도, 종양의 정체는 뭉친 혈관이었다. 혈관이 뭉쳐져 있는 정도에 따라 CT상에서 종양처럼 보이기도 한단다. 선생님을 와락 끌어안을 뻔했다. 정말 다행이었다. 물론 술이나 스트레스 등은 앞으로 더 조심해야 했지만, 건강에는 큰 문제가 없었다. 그래도 교통사고 후유증을 고려해서 가벼운 뇌진탕 진단과 함께 2주 입원 진단을 받았다. 바로 입원하지 않고 집으로 향했다. 통원치료가 번거롭더라도 가족과 함께 있고 싶었다.

'내 인생에서 가장 중요한 것'

아내가 출근한 고요한 집에서 아무것도 하지 않고 골똘히 생각했다. 가장 근본적이면서도 중요한 질문을 나에게 묻고 또 물었다. 결론은 가족이었다. 가족이 함께하는 삶보다 중요한 건 없었다. 더는 떨어져 있고 싶지 않았다. 지금, 그리고 앞으로 내 삶의 가치와 방향이 명확해졌다. 다행히 그 부분에 대해 아내를 비롯한 가족들도 동의했다. 가족과 함께할 방법을 찾기 시작했다. 꼭 아나운서가 아니어도 상관없었다. 나에게 그토록 소중한 꿈이었던 아나운서였지만, 가족과 떨어져 있어야 한다면 포기할 수 있었다. 여러 가지 방법들을 고민하고 시도했다. 생각보다 쉽지 않은 현실에 부딪힐 때쯤, 육아휴직을 결심했다. 확실한 해답이 없는 상황에서 시간만 흐르는 게 너무 아까웠다.

어떻게 하면 더 행복할 수 있을까? 그 방법을 찾기 위해 참치열하게 사랑하며 살아왔다. 혼자 살 때는 나를, 결혼을 결심하면서는 아내를, 아이가 생기면서 우리를 사랑하는 시간. 크지만 불확실한 성공보다는 작지만 확실한 행복을 위해 고민 끝에 내린 결정이다. 그 끝에서 난 이렇게 오늘도 사랑하며 살고 있다. 충분히 행복하게. 이 책은 내가 행복하기 위해 사랑한 시간의 고민이자 흔적이다. 나름의 성장통을 겪고 있는 육아대디의 성장기이자 마음껏 사랑하기 위해 분투한 시간의 기록이다.

육아휴직을 결심하다

멀고도 험한 라테파파

#육아대디

#라테파파

#육아는따분하지않습니다

#평범한하루의기적

#나만의성공기준을세우다

#딸바보아빠의편지

"네가 크는 만큼 아빠도 자라고 있어."

라테파파,
육아대디의 길은
멀고도 험하다

'내가 잘할 수 있을까?'

육아휴직을 결정하고, 근무지의 짐까지 모두 정리했다. 의지는 확고했지만, 한편으로는 두려웠다. 가보지 않은 길에 대한 막막함. 남들과 다른 길을 가는 것에 대한 두려움. 회사에서 뒤처질 수도 있다는 압박감. 나중에 후회하게 될까 봐, 오히려 모두에게 힘든 시간이 될까 봐 걱정이 많았다. 그중에서도 '혹시 이것이 나만의 욕심은 아닐까?' 하는 의구심이 가장 컸다. 주변에 참고할 만한 사례가 없어서 선택이 더 힘들었다. 하지만 생각을 거듭할수록 육아휴직을 결정한 이유도, 목적도 명확해졌다. 두

려움 때문에 언제까지 고민만 할 수는 없었다. 나에게는 지켜야
할 가족이 있고, 그리워만 했던 가족과 실제로 함께할 시간이
기다리고 있었다.

이상하게 평일에는 자주 아팠다.

평소에 감기조차 걸리지 않던 내가.

그런데 주말에 가족과 있으면 아무렇지 않았다.

그 누구보다 건강한 평소의 나로 돌아왔다. 진짜 나.

내게 지난 7년은 그 과정의 반복이었다.

아픔과 치유의 연속.

일종의 상사병.

함께 있는 게 너무 당연하지만

그동안 나에게는 허락되지 않았던 가족과의 시간.

7년이 지나 마이크를 잠시 내려놓고서야 허락된 시간.

지금은 육아휴직 전 마지막 방송을 앞둔 밤.

많은 것을 바라는 게 아니다.

그저, 가족과 함께 살고 싶을 뿐이다.

지지고 볶고 힘들더라도

'남들처럼' 살고 싶을 뿐이다.

가족과 함께.

단지, 그것뿐이다.

육아휴직을 하루 앞둔 날의 일기. 육아휴직만 하면 모든 것이 잘될 거라고 생각했다. 무조건 열심히만 하면 되는 줄 알았다. 그땐 그랬다. 하지만, 육아는 생각보다 쉽지 않았다. 아니 정말 너무 어려웠다. 일단 내 몸이 육아를 하기에 적합한 상황이 아니었다.

바로 전날까지 난 새벽 뉴스 앵커였다. 새벽 뉴스를 준비하는 사람들은 조금 다른 시간을 산다. 기상 시간은 보통 새벽 4시. 준비할 것이 많은 여성 앵커나 사전 녹화를 해야 하는 날에는 더 일찍 일어난다. 남들이 잠에서 깨는 시간에 '오늘의 소식'을 전해야 하는 이들은 이미 모든 준비를 마쳐야 한다. 늘 시간에 쫓기는 일상. 남들처럼, 평범하게 사는 것이 허락되지 않는다. 저녁 8시가 되면 몸이 반응한다. 하품이 밀려온다. 눈꺼풀은 무겁다. 남들보다 3~4시간 정도 일찍 시작한 하루이기에, 저녁 8시는 내게 밤 11시~12시로 느껴진다. 같은 공간에 있지만, 난 3~4시간을 먼저 살고 있다. 일종의 시차가 있는 것이다. 가끔 오후나 저녁 시간에 녹화가 있는 날도 있었다. 들쭉날쭉 일정하지 않은 시간을 살던 내가 육아휴직을 시작해 하루아침에 보통의 시간으로 돌아왔다. 긴 여행을 마치고 돌아온 사람처럼 시차에 적응하지 못하고 힘들어하는 건, 어쩌면 당연한 일이었다.

새벽 뉴스 생활로 시차가 바뀌어 있던 나는 윤슬이가 자기도 전에 잠들기 일쑤였고, 아내는 나와 윤슬이를 모두 돌봐야 하는 상황에 직면했다. 아내와 함께 육아를 하기 위해 육아휴직을

멀고도 험한 라테파파

냈는데, 오히려 내가 짐이 되는 상황이었다. 100일이 안 된 딸만으로도 힘겨운데, 37세의 아들이 하나 더 있는 상황. 나는 조심스러워서 아이도 제대로 안아주지 못하고 있었다. 의욕만 앞섰지, 육아를 하기에 난 참으로 부족한 게 많았다. 미안했다. 어떻게 해야 할까? 일단 몸을 만들어야 했다. 육아도 체력이 있어야 가능하다는 것을 알았다. 운동을 시작했다. 열심히만 하지 않고, 완급 조절을 하기 위해 틈틈이 쪽잠도 잤다. 적어도 아이보다 먼저 잠드는 일은 없어야 했다. 바뀐 시차를 빨리 돌려놔야 했다. 육아는 결코 쉬운 일이 아니었다.

그래도 다행인 것은 아주 조금씩 적응되어 간다는 점. 역시 사람은 적응의 동물인가 보다. 죽으라는 법은 없다. 아이와도 조금씩 호흡이 맞아갔다. 척하면 척, 딱하면 딱. 짜릿했다. 이게 뭐라고 아이의 패턴에 내 몸이 적응할수록 기뻤다. 몸도 마음도 변해간다. 아직 많이 미숙하지만, 조금씩 육아가 늘어가는 내 모습이 싫지 않았다. 아기띠를 하고 아이와 함께 있는 모습이 어색하지 않았다. 점점 편해졌다. 자연스러워질수록 뿌듯했다. 그렇게 조금씩 나는 육아대디로, 라테파파로 성장해가고 있었다. 분명 성장이었다. 나도 모르는 사이에. 조금씩. 조금씩.

육아 선배의 말이 맞았다. 역시 육아育兒는 육아育我였다.

평범한 하루의
기적

"윤슬아, 오늘도 잘 지내보자. 잘 부탁해."

아내가 출근하고 딸과 둘만 남겨진 아침. 지금은(!) 천사같이 예쁜 딸에게 속삭인다. 하지만 곧 울음을 터뜨리겠지. 아이가 울면 일단 여러 가지 가능성을 생각한다. 젖병, 기저귀, 아기띠, 포대기, 베이비랩, 모빌 등 지금 아이에게 필요한 게 무엇일까? 아이가 진짜 원하는 게 뭔지 모르니 답답하다. 하지만 조급해하면 안 된다. 지금 가장 답답한 건 표현조차 할 수 없는 아이일 테니. 최대한 침착하게 상황을 판단해 본다. 여러 가지를 시도하다 그중 하나가 맞으면 안도의 한숨. 그게 아니면 다시 여러 가지 시

멀고도 험한 라테파파

도를 무한 반복한다. 매일 반복되는 일상. 힘들지만 싫지 않다. 이렇게 반복되는 평범한 하루 속에서 행복을 발견할 수 있기 때문이다. 아이는 매일 자라고 있다. 그 평범한 하루 덕분에. 평범한 하루의 기적이다.

아내가 출근한 후 아이가 잠들었다. 잠든 아이의 모습은 정말 천사 같다. 간단하게 집 정리를 한다. 분명 자기 전에 정리를 했지만 또 해야 한다. 육아를 할 때 밤은 단순히 '자는 시간'이 아니다. 수면과 일이 동시에 이루어지는 시간이다. 조금 먹고 빨리 배고파지는 아기들의 특성상 새벽에도 우유를 준비해야 하고, 기저귀를 갈아줘야 하는 등 한밤중이라고 달라지는 건 없다. 몽롱한 상태로 급하게 처리한 일들의 뒤처리는 온전히 아침으로 미뤄진다.

필요할 때 바로바로 사용할 수 있게 아이가 깨기 전 아이를 돌볼 준비를 하고, 잠든 아이를 안고 거실로 나와 소파에 앉는다. 하루 중 유일하게 쉴 수 있는 시간이다. 아이가 깨면 쭈쭈를 주고(젖병의 경우 살짝 잠이 덜 깬 상태에서 먹여야 더 잘 먹더라), 트림을 시키고, 기저귀를 갈고, 아이랑 논다. 이때 아이가 잘 지내는 모습을 사진 찍어서 아내와 부모님께 보낸다. 안심하고 일에 집중할 수 있도록.

그러다 윤슬이가 울면 앞서 이야기한 다양한 방법들로 달랜다. 다행히 윤슬이는 울음이 짧다. '울음이 짧다'라는 표현도 윤슬이와 함께하며 처음 들었다. 이내 아이가 울음을 멈추고 웃으면, 또 아이와 함께 논다. 컨디션 좋은 아이의 모습을 사진이나 영상으로 많이 담으려 하는데 생각보다 그 시간이 길지 않다. 1~2시간 놀고 나면 작은 입을 벌려 하품을 한다. 아이를 재울 시간이다. 아기띠나 포대기를 하면 두 손이 자유로워 집안일을 할 수 있다. 다시 어질러진 집을 정리하고, 아이가 깼을 때를 대비한다. 그리고 아이가 깨면 다시 반복.

이렇게 순서대로만 진행되어도 수월하겠는데, 육아는 언제나 예측 불가. 생각지도 못한 변수도 생기고, 아이의 컨디션도 늘 다르다. 매 순간 모든 감각을 집중해야 한다. 아이가 자는 순간조차도. 빡빡하고 힘든 일과지만, 아이와 함께하는 모든 순간이 감동이다. 아이의 작은 행동, 작은 표현에도 가슴이 벅차오른다. 이 맛에 육아를 하는구나. 지금이 힘들기보다 감격스러운 것은 어쩌면 모든 신경을 아이에게 집중하고, 최선을 다하기 때문이 아닐까?

불과 100일. 내 모든 것이 바뀌었다. 마치 지금까지의 내 삶은 이 순간을 위한 연습이었던 것처럼. 우리는 여전히 알콩달콩 사랑하며, 아기자기하게 이 가정을 만들어가고 있다. 여전히 행복하고, 따뜻하며, 아름답다. 별다를 것 없는 일상에 작은 선물 하나가 왔을 뿐이다. 크게 달라질 것이라고 생각해 본 적 없다. 그런데 집안 공기의 온도가 바뀌었다. 아빠가 육아휴직을 했을 뿐인데, 집안 공기의 무게가 바뀌었다. 내 마음도 바뀌었다.

아이가 울면 처음에는 답답했다. 아이가 원하는 것을 알아채지 못하는 것에 대한 미안함 때문이었다. 윤슬이는 지금 얼마나 답답할까? 나의 무력함에 화가 나고 윤슬이에게 미안했다. 동시에 아내, 어머니, 장모님에 대한 존경심이 일었다. 정말 여러 가지 감정이 몰려왔다. 육아는 정말 쉽지 않다. 힘들고 어렵다. 윤슬이로 인해 내 모든 것이 변해간다. 상황도, 생각도, 나 자신도. 그렇게 부모가 되어간다. 참 기분 좋은 변화다.

늘 깨어 있고, 늘 살아 있다. 결국, 이렇게 반복되는 평범한 하루가 아이를 키운다. 평범해 보이지만, 특별한 하루 속에서 나 역시 크고 있다. 오늘도 절대 돌아오지 못할 하루가 지나고 있다.

라테파파

나만의
성공 기준

새벽 5시. 새벽 뉴스 앵커가 출근하는 시간이다. 하루를 시작하기에는 이른 시간. 새로운 소식으로 아침을 깨우기 위해 앵커들은 이른 새벽에 하루를 시작한다. 꽤 익숙해졌지만, 여전히 쉽지 않다.

새벽에 일어나자마자 출근해서 메이크업과 뉴스 준비를 마치고, 잠이 깨기도 전에 정신 차리고 생방송 뉴스를 하기 때문에 새벽에는 늘 예민하다. 최대한 빨리 생방송 모드가 되기 위해 모든 감각을 깨운다. 촌각을 다투며 '전투 모드'가 되어야 하는 치열한 일상의 반복. 마치 기계처럼 똑같은 패턴으로 반복되던 어

멀고도 험한 라테파파

느 날. 문득, 새벽 공기가 달랐다. 한순간에 긴장이 풀렸다. 이건 분명 가을이 왔다는 신호였다. 새벽 공기 속에서 가을을 발견한 순간. 가을의 흔적은 향기로 다가왔다.

'핫초코를 마실 때가 왔군.'

가을이 오면 난 핫초코를 마신다. 아주 어릴 적 무척이나 아팠던 날이었다. 집에 온 손님이 핫초코를 사 왔다. 한참을 앓다가 엄마가 준 핫초코를 마시고 다시 잠이 들었다. 가을이었다. 잠들 때 코끝에 걸리던 가을 향기가 기억난다. 그때 그 가을의 향, 그때의 기억. 그때부터였다. 가을 하면 핫초코가 떠오르게 된 건. 새벽녘의 가을 향기와 핫초코. 나의 가을은 시작됐다. 뉴스에서는 아직 열대야와 폭염 얘기가 한창이지만.

남들이 정해놓은 기준과는 조금 다른 삶을 살았다. 한마디로 늦깎이 인생. 대학 입시에서 재수를 했고, 동아리 활동으로 군대도 늦었다. 금융위기로 공중파 시험이 아예 없었던 2009년을 지나, 입사도 서른의 나이로 '간신히' 했다. 처음부터 늦었다. 어차피 늦었다고 생각하니 오히려 마음이 편했다. 조급해하지 않고 내 속도로, 조금 느리게 가더라도 자세히 보면서 가자는 생각. 늘 그랬다. 남들과의 속도 경쟁은 하고 싶지 않았다. 할 수도 없었다. 출발선이 달랐으니까. 하지만 행복에 대해서는 달랐다. 누구보다 행복해지고 싶었다.

육아휴직도 행복하려고 한 선택이다. 선배들을 만나 이런저런 얘기를 하고, 빈자리에 대해 양해를 구하는 과정이 이어졌다. 많은 분의 격려와 지지가 있었다. 감사하고 또 죄송했다. 그러던 중 한 선배가 말했다.

"한별 씨는 승진 욕심은 없나 봐?"

충격이었다. 육아휴직과 승진이 관련이 있던가? 그럴 수도 있겠다. 남들이 일할 때 쉬는 거니까. 정확히 말하면 육아를 하는 거지만 회사 차원에서는 쉬는 것으로 볼 수 있으니, 승진이 조금 늦어질 수도 있겠구나. 몰랐던 사실을 알게 됐다. 하지만 변하는 건 없었다. 빠른 승진보다 중요한 게 있으니까. 오히려 더 확실히 다짐하게 됐다. 꼭 육아휴직을 해야겠다. 만약 가족과의 시간을 충분히 갖는 것으로 승진이 늦어진다면 천천히 가도 괜찮다고 생각했다. 내가 하던 대로, 천천히. 내 속도에 맞춰서, 내 호흡에 맞춰서. 직장을 위해 가족을 포기할 수는 없다고 생각했다.

"어차피 다 위에서 만나더라."

또 다른 선배는 승진에 대해 이렇게 말했다. 속도는 조금 달라도 어차피 다 만난다는 얘기다. 하지만 가족은 회사와 달라서 노력한 만큼 돌아온다고, 어쩌면 더 노력해야 한다고 말했다. 위안이 됐다. 나 역시 가족과 함께 가야겠다고 생각했다. 혼자 먼저 가서 가족을 기다리는 게 아니라, 조금 느리더라도 오손도손 얘기 나누면서 '같이' 가고 싶었다.

과연 성공이 뭘까? 돈, 지위, 명성 등 다양한 단어들이 떠오

멀고도 험한 라테파파

른다. 성공을 정의하는 단어도, 기준도 너무 많다. 하지만 정답은 없다. 성공에 대한 기준은 사람마다 다를 것이다. 나에게 성공은 행복이다. 그것도 작지만 확실한 행복. 내가 육아휴직을 선택한 이유다. 육아휴직을 하면서 내가 생각하는 성공의 기준은 더 명확해졌다. 어차피 남들과 다른 속도로 살아왔고, 남들과 다른 시간을 살아간다. 내가 만든 나만의 기준에서 본다면, 나는 성공적인 삶을 위해 꽤 잘 가고 있다. 먼 훗날 지금의 나를 돌아보며 그때의 난 분명 '잘한 선택'이라고 나를 칭찬할 것이다.

덧붙이는 이야기

육아휴직 중에 난 승진을 했다. 조금 천천히 가더라도, 위에서 결국 다 만난다. 자신만의 확실한 성공 기준만 있으면 된다.

착한
사람

나는 착하다는 소리를 듣고 살았다. 분쟁을 싫어했다. 좋게 좋게 해결되기를 바라는 평화주의자. 아내의 표현으로 '너도 옳고, 너도 옳다'는 소위 황희 정승식 사고의 소유자. 누군가와 크게 싸워본 적도 없었다. 싫은 소리 하는 게 싫었으니까. 물론 듣는 것도 싫었고, 무엇보다 불편한 상황이 싫었다. 그래서 그런 상황 자체를 만들지 않았다. 늘 좋은 쪽으로 해석하려고 노력했다. 일종의 강박이었다.

'착한 사람'이 되고 싶은 욕심. 모든 사람에게 좋은 사람으로 기억되고 싶은 마음. 불편한 상황에서는 입을 닫았다. 그저 가만히 이 상황이 지나가길, 나를 피해가길 바랐다. 누군가에게 상처 주고 싶지 않았다. 나는 착한 사람이어야 하니까.

핵심은 거절이었다. 나는 거절을 못했다. 내 거절로 인해 서운해할 누군가의 모습을 보는 게 싫었다. 내가 거절하는 순간 멈칫하는 상대방의 모습, 난처해 하는 상대방의 표정, 어쩔 줄 모르는 상대방의 반응이 싫었다. 굳은 얼굴로 둘 사이에 흐르는 침묵이 싫었다. 그 순간을 겪으니 차라리 '내가 조금 손해 보고 말지.'라는 생각이었다. 상대방이 서운해하는 모습을 보고 싶지 않았다. 하지만 이런 상황이 계속되다 보니, 내 의도와는 다른 방향으로 상대에게 전달되는 경우가 많았다.

'착하다'라는 표현은 우리나라와 일본에만 있다는 글을 봤다. 어원을 따졌을 때 우리의 '착하다'와 가장 가까운 영어 단어는 honesty. 내 감정에 가장 솔직한 것. 이것이 '착하다'와 가장 가까운 뜻이다. 하지만 우리는 '착하다'라는 표현을 '솔직함'과는 다른 의미로 사용할 때가 많다. 자기감정에 솔직하기보다는 사회의 시선에, 누군가가 정해놓은 기준과 틀에 맞춰 사는 이들에게 우리는 '착하다'고 말한다. 그리고 착한 사람으로 인정받고 싶은 욕심에 자신의 감정을 외면한다. 나 역시 그랬다. 남들의 기준에서는 착한 사람이었지만, 나에게는, 내 감정에는 솔직하지 못했다. 나는 나에게 착하지 못했다.

난 애주가였다. 술자리를 좋아했다. 사람들과 술자리에서 나누는 이야기가 좋았다. 몽롱하면서도 뿌옇게 기억되는 술자리 자체의 정겨움이 좋았다. 처음 보는 사람과도 친구가 될 수 있고, 친했던 사람과는 더 가까워질 것 같은 기분이 좋았다. 외롭지 않았다. 술자리에 특화된 사람이었다. 적당히 밝았고, 적당히 흥도 있었다. 술도 꽤 잘 마시는 편이었다. 일단 먹는 양 자체가 많았다. '외롭지 않다'는 이 느낌이 사라지면 안 되니까. 그 느낌을 이어가고 싶었기에 많이 먹고 마셨다. 다행히 꾸준한 운동으로 체력은 좋았다. 내가 애주가일 수 있었던 것은 운동으로 다져진 체력 덕분이었다.

그런데 작년 겨울 교통사고가 난 후 자의 반 타의 반으로 술을 마시지 못하게 됐다. 곰곰이 생각해 보니 내 몸은 술이 잘 받는 스타일이 아니었다. 사실 조금만 마셔도 취한 느낌이 들었다. 그 뒤로는 오기로, 체력으로 버티는 거였다. 체력은 자신 있었으니까. 술 자체를 좋아하지도 않았다. 내가 좋아하는 것은 술자리 분위기였다. 술자리에서도 나는 거절을 못했고, 주는 대로 마셨다. 버티기는 했지만, 다음날에는 힘들었다. 괜찮은 게 아니라, 티 내지 않고 버텼던 거였다. 그때는 내 몸보다 그 분위기가 더 중요했나 보다. 다음날이면 기억도 못할 그 분위기가.

윤슬이가 태어나고 자연스럽게, 어쩌면 어쩔 수 없이 거절이라는 걸 하게 됐다. 문득, 윤슬이와 둘이 있을 때 술에 취해 윤슬이를 돌보지 못하는 상황을 떠올렸다. 내가 아니면 목도 제대

멀고도 험한 라테파파

로 가눌 수 없는 이 아이를, 나만 바라보며 온전히 제 몸을 의지하는 아이를 방치하는 장면이 떠올랐다. 아찔했다. 소름 끼치게 무서웠다. 조금이라도 취해 있으면 안 되겠다는 생각이 들었다. 그런 생각이 드니 몸도 술을 거부하기 시작했다. 맥주 한 모금에도 취한 느낌이 들었고, 정신을 더 바짝 차리게 되었다. 정신이 육체를 지배한다는 게 이런 걸까.

술자리에서도 내가 정한 기준 이상을 권하면, 자연스럽게 거절하게 됐다. 분위기가 깨질 수도 있지만, 사정을 얘기했다. 내게는 그 자리의 분위기보다 더 중요한 것이 있었다. 그러자 상대도 내 상황과 마음을 이해해 주었다. 변한 건 아무것도 없었다. 나를, 내 상황을 이해하는 사람이라면 기꺼이 내 생각을 존중했다. 말하면 되는 거였다. 상대방도 들을 준비가 되어 있었다. 내 생각과 의지를 존중할 마음의 준비가 되어 있었다. 어쩌면 그동안 난 거절을 못 한 게 아니라 거절해야 하는 이유를 제대로 말하지 못한 건 아닐까. 생각보다 어렵지 않았다. 거절할 수밖에 없고, 거절하고 싶은 내 감정을 솔직하게 상대에게 전하는 것, 어쩌면 그것은 거절이 아니라 진짜 배려일 수도 있다.

윤슬이를 통해 하나하나 배워간다. 윤슬이 덕분에 나도 자라고 있다.

라테파파

'언제 들어와?'의
진짜 의미

"언제 들어와?"

육아휴직을 하기 전에는 몰랐다. 이 말에 얼마나 많은 의미
가 담겨 있는지.

아내가 출근하고 난 후부터 퇴근해서 돌아올 때까지 아이와
단둘이 있으면서 아내를 기다리다 보니, 남편의 귀가를 기다리
는 아내 마음을 알게 됐다. 회사에 있을 때는 바깥세상이 멈춰
있는 줄 알았다. 바깥세상에는 아무 일도 일어나지 않는 것처럼,
숨 가쁘게 진행되는 생방송과 촬영에 내 상황이 가장 긴박하고,
제일 심각한 줄 알았다. 그런데 아니었다.

멀고도 힘한 라테파파

아이와 함께 있는 세상은 더 치열했다. 아이의 칭얼댐을 견뎌야 하고, 아이의 배고픔을 민감하게 느껴야 하며, 아이의 불편함을 함께 감내해야 했다. 아이가 졸릴 때를 동물적 감각으로 알아채야 하고, 어딘가 불편하지는 않은가 늘 확인해야 했으며, 기저귀는 습관적으로 만져봐야 했다. 그러면서 집안일도 해야 했다. 끝없는 반복. 신경은 아이에게, 몸은 집안일에 묶여 있었다. 회사에 있을 때는 내 몸 하나만 건사하면 됐지만, 육아는 그렇지 않았다. 내 몸도 건사하기 힘든 상황에서 아이까지 돌봐야 했다. 오전과 오후가 달랐다. 오전은 버텼고, 오후는 기다렸다. 아내의 퇴근을 기다렸다. 정말 간절하게. 나도 모르게 퇴근 시간이면 아이를 안고 베란다 쪽으로 가서 '엄마가 어디쯤 오고 계실까?'하고 말을 걸었다. 가끔 버스 정류장에 마중 나가거나, 아이와 함께 동네를 산책하면서 아내를 기다리기도 했다.

'누군가를 기다리는 느낌이 이런 거구나.'

기다림의 의미를 새롭게 느끼는 날들이 이어졌다.

"언제 들어와?"

아내가 출근할 때마다 물어보는 이유는 단지 아이 보는 게 힘들어서가 아니다. 외롭기 때문이다. 감정적인 외로움. 아내가 없는 시간에 육아를 온전히 혼자 감당해야 하는 부담감. 아이와 함께 있어도 때로는 외로운 순간이 찾아온다. 내가 없으면 돌봐줄 사람이 없는 아이. 온전히 나만 바라보는 아이와 둘이 있으

라테파파

면 때로는 두렵고 무섭다. 내 몸을 건사하는 건 나를 위해서가 아니다. 아이를 위해 나는 아프면 안 된다. 아플 수 없다. 힘을 내야만 한다. 아이와의 시간이 행복한 만큼 짊어져야 하는 책임도 크기에. 아이에 대한 책임이 커질수록, 아이로 인한 행복이 커질수록 깊은 외로움이 찾아온다. 그래서다. '언제 들어와?'의 의미는 나 좀 알아달라고, 감정적으로 너무 외롭고 힘드니까 좀 알아달라고. 알아주기만 해도 힘이 될 것 같다는 애원이다. 지친 감정을 꾹꾹 눌러 담아 에둘러 표출한 마음의 소리다.

아내가 퇴근하고 집에 돌아오면 아무것도 하지 않아도 안심이 된다. 만약에 무슨 일이 생기면 함께할 거라는 믿음. 이 감정이 사람을 얼마나 편안하게 하는지, 얼마나 큰 안정감을 주는지 밖에서 일할 때는, 육아휴직을 하기 전까지는 몰랐다. 육아에서 가장 힘든 건 한순간도 아이에게서 신경을 놓을 수 없다는 점이다. 몸이 떨어져 있을 때도 신경은 떨어질 수 없는 정신적 밀착. 이것을 지속하면 아무리 강한 사람도 지칠 수밖에 없다.

많이 힘들다. 많이 외롭다.

육아휴직 전에는 아이와 함께 있어서 생기는 외로운 감정을 짐작조차 못했다. 경험하기 전에는 알 수 없는 여러 감정을 나는 지금 몸으로 겪으면서 발견하고 있다.

'얼마나 힘들었을까?'

'얼마나 외로웠을까?'

그 마음을 알게 된 것만으로도 나의 육아휴직은 성공이다.

멀고도 험한 라테파파

아빠 육아,
해 보기 전에는
절대 모른다

오랜만에 회사 선배에게 연락이 왔다.

"우리 회사에서 제일 바쁘던 놈이 집에서 육아만 하면 따분해서 어떻게 해?"

순간 내 귀를 의심했다.

'육아가 따분하다고요?'

물론 티를 내진 않았다. 그래도 걱정해서 전화한 선배에게 그런 얘기를 할 수는 없었다. 그저 '가끔 회사 가고 싶기는 하다'고 전화를 끊었다. 선배는 진심이었다. 진심으로 나를 걱정하고 있었다.

'육아는 따분할 것이다.' 육아를 안 해 본 사람들이 흔히 하는 말이다. 육아가 따분하다니. 물론, 그런 생각을 하게 된 건 선배의 잘못이 아니다. 선배는 제대로 된 육아를 경험하지 못했을 뿐이다. 육아휴직을 결정하고 인사를 나눌 때 선배는 이렇게 말했다.

"푹 쉬다 와라."

쉬다 오라니. 육아를 정말 모르기에 할 수 있는 소리다. 육아는 그렇게 여유 있고, 따분한 일이 아니다. 육체적으로도 정신적으로도 고된 일이다. 시종일관 신경은 온통 아이에게 가 있어야 한다. 밥 먹을 때도, 집안일을 할 때도, 화장실에 갈 때도, 심지어 아이가 자는 순간에도 말이다. 등에서 너무 조용하게 잘 자도 신경이 쓰인다.

'숨은 잘 쉬고 있겠지?'

24시간이 모자란다. 출근은 있지만, 퇴근은 없다. 자는 시간에도 일한다. 마치 해야 하는 업무를 침대에 앉고 자는 기분이다. 신호가 오면 바로 일어나 반사적으로 업무를 해야 한다. 끝도 없이 계속되는 특근이자 야근, 철야 근무. 그래서 깊은 잠을 잘 수가 없다. 아이의 작은 움직임에도 반응하게 된다. 아이는 늘 위험에 노출돼 있다. 걱정을 줄여야 하는데, 불안감을 느끼지 않아야 하는데. 머리로는 알고 있지만, 가슴으로는 그렇게 되지 않는다. 잠을 얕게 자고 쪼개서 자기에, 늘 피곤하다. 직접 해 보기 전에는 절대 알 수 없는 고충이다.

멀고도 험한 라테파파

육아휴직 전, 선배는 이렇게 말했다.

"육아하다 보면 아마 출근하고 싶을 거다."

지금 떠올려보면 선배는 가끔 일부러 회식이나 야근을 만들었다. 이런저런 핑계를 대며, 당일 갑자기 회식을 만들었다. 출근은 빨랐지만, 퇴근은 늘 늦었다. 저녁 뉴스를 진행하는 나보다 더 늦게 퇴근하곤 했다. 퇴근 시간이 훨씬 지나서도 회사에 있는 선배에게 물었다.

"선배님 집에 안 가세요?"

의미심장한 웃음을 지으며 선배는 말했다.

"집에 가면 애 봐야 하잖아? 회사에서 좀 버티다 가지 뭐."

이제야 선배의 웃음이 어떤 의미였는지 알 것 같다. 회사 일도 육아도 모두 해 본 관점에서 말하자면 육아는 회사업무보다 힘들다. 훨씬 힘들다. 육체적으로도 그렇지만 정신적으로 더 힘들다. 그런데도 우리 사회에서 육아에 대한 인식은 집에서 애와 함께 노는 일, 쉬는 일 정도로 생각한다. 육아에 대한 이해와 존중이 필요하다.

그리고 육아에는 직접 하지 않으면 절대 모르는 영역이 존재한다. 해 보지 않고는 절대 상상할 수 없지만, 막상 해 보면 또 여러 가지가 보이는 것이 바로 육아다. 육아와 집안일은 티 나지 않는 작은 부분에서 어려움이 많다. 말로 설명하기도 모호한 것들. 그래서 직접 해 봐야만 알 수 있는 것들. 당사자에게는 무엇보다 어렵고 중요한 고민이다. '뭐 그런 걸 가지고'라는 말을 듣기 딱 좋은, 하고 나면 정말 별것 아닌 것 같은 일상 속 어려움. 하지만 직접 해 보면 하루하루가 부담이고, 티도 안 나는 일들이 지겹도록 반복된다. '잘해 봐야 본전'인 집안일처럼 잘한다고 칭찬받기는 어렵지만, 못했다고 핀잔 듣기는 딱 좋은, 육아는 그런 것이다.

그래서 난 주변 남성들에게 육아휴직을 적극적으로 추천한다. 남성들에게 육아휴직은 꼭 필요하다. 해 봐야 알기에, 아는 만큼 보이기에. 육아휴직을 하며 몸소 깨달아야 한다. 그래야 가족을 더욱 이해하고 사랑할 수 있다. 지금 난 매우 진지하다.

멀고도 험한 라테파파

먹이는 일,
그 위대함에
대하여

나는 뭐든 빨리 배우는 편이다. 배우는 것 자체를 좋아한다. 눈치도 빠른 편이다. 남들을 유심히 관찰하고 따라 한다. 육아를 할 때도 마찬가지. 미리 책도 많이 보고, 블로그, 다큐멘터리도 찾아보면서 다양한 방법으로 난 다른 사람들의 육아 노하우를 배우고 있다. 아내와 어머니, 장모님께도 많이 배운다. 육아에 익숙해지려 노력했다. 어떤 영역은 아내보다 잘 해낸다고도 생각됐다. 그렇게 좋은 아빠가 되어가는 느낌이 들어 뿌듯했다. 노력하면 무엇이든 잘 할 수 있을 것만 같았다. 물론, 어디까지나 내 생각일 뿐이지만.

하지만 늘 작아지는 영역이 있었다. 내가 아무리 노력해도 할 수 없는 영역. 바로, 아이를 먹이는 일이었다. 아내는 그 어렵다는 완모(100% 모유 수유)를 한다. 모유 수유를 하는 아내를 옆에서 볼 때마다 여성의 위대함을 느낀다. 모유로 아이가 쑥쑥 자라니 그 모습이 경건해 보이기까지 한다. 아빠는 절대 할 수 없는 성역이다. 존경스럽다.

"윤슬아 쭈쭈 먹자."

아내와 아이가 눈을 맞추며 교감하는 순간. 아이는 짜증을 내다가도 -짜증의 원인이 배고픔이었는지는 확인할 길이 없지만- 이내 평온을 되찾는다. 가끔 허무할 때도 있다. 둘 사이에 아빠가 끼어들 방법은 없다. 아무것도 할 수 없는 아빠는 그 사이 묵묵히 다른 집안일을 한다. 아이와 아내의 교감을 방해하지 않으면서, 그 시간을 함께할 수 있는 방법이다.

아내가 출근하거나 외출할 때, 그 위대한 '먹이는 일'은 아빠 몫이 된다. 밥때가 되면 아내가 유축해 놓은 모유를 준비한다. 준비 과정부터 일이다. 씻고, 소독하고, 온도를 맞춰 녹인다. 최적의 온도(알맞은 온도가 되면 봉투의 웃는 얼굴이 파랗게 변한다)를 기다린다. 준비 자체가 번거롭고 힘들다. 맞춰야 할 조건도 많다. 그만큼 먹이는 일은 쉽지 않다. 여기에 아이가 울거나 보채기라도 하면 초보 아빠들은 패닉에 빠진다.

'내 젖을 물릴 수도 없고….'

그러나 아내가 모유 수유를 할 때는 이 모든 과정이 생략된다. 모유의 힘이다. 외출할 때 짐도 훨씬 줄어든다. 분유, 젖병, 뜨거운 물, 보온병, 여분의 그것들이 모두 생략된다. 엄마와 아이가 함께라면 언제든 가능한 일이다. 가고자 하는 장소의 수유실 정보나, 밖에서도 남들 시선을 피해 수유할 수 있는 가림막 정도만 챙기면 된다. 모유의 위대함. 존경한다. 엄마들.

준비해야 할 것도 많지만, 먹이는 것도 전쟁이다. 절대 쉽지 않다. 엄마 모유가 아니면 아이는 일단 경계한다. 익숙한 환경을 만들어야 한다. 아이의 감정은 순식간에 변한다. 원하는 젖병이 날마다 달라지기도 한다. 아이가 먹기 편한, 원하는 자세를 생각하면서 동시에 먹이는 타이밍도 생각해야 한다. 울 때는 잘안 먹는다. 억지로 먹일 수도 없다. 억지로 먹이려 하면, 오히려 역효과가 날 수도 있다. 아이는 이미 기분이 상해 있다. 내 경험상 딸꾹질할 때나 아이가 잠에서 덜 깬 상태에서 먹이면 잘 먹었다. 비몽사몽한 상태에서 밥을 먹이려다 보니 아이를 재우는 스킬이 늘었다.

밥을 먹인 후에는 트림을 시켜야 한다. 그러려면 몸을 밀착해야 하는데, 이때 교류하는 아이와의 느낌이 참 좋다. 밥을 열심히 먹고 나면 아이는 잠시 지쳐 있다. 그 상태 그대로 쉴 수있게 천천히, 부드럽게 아이의 등을 쓰다듬는다. '젖 먹던 힘까지'라는 말이 괜히 나온 게 아니다. 아이는 그만큼 힘들게 밥을 먹는다. 살기 위해서, 필사적으로. 잘 먹어주는 것만으로도 아이는 충분히 최선을 다하고 있는 것이다. 감사해야 한다. 아이는 트림으로 치열했던 식사 시간을 마무리한다. 잠시 후 아이는 배변을 하고, 아빠는 아이의 다음 식사를 준비한다. 이런 과정의 반복. 반복은 절대 끝나지 않는다.

이렇게 먹이는 일은 쉬운 게 아니다. 아이는 놔두면 알아서 크는 존재가 아니다. 관심과 사랑이 필요하고, 무엇보다 영양적인 보충이 필요하다. 먹으니 크는 것이다. 50일, 100일 무서운 속도로 자라는 아이들의 성장에는 보이지 않는 부모의 노력이 숨어 있다. 모유 수유를 하는 엄마는 먹는 것도 조심해야 하고, 꿀잠도 포기해야 한다. 아이를 위해 먹고 싶은 것, 자고 싶은 본능을 누르는 것이다. 먹이는 일의 위대함이다.

평범한 일상의 반복으로 아이가 자란다. '자식이 먹는 모습만 봐도 배부르다'던 말의 의미를 이제야 조금 알 것 같다. 참 특별한 일을 하는 우리 엄마들, 그 영역에 직접 들어갈 수는 없어도 여러 형태로 육아에 참여하는 아빠들, 모두 존경한다. 스스로 크는 아이는 없다. 부모가 아이를 키우는 것이다. 부모는 정말 대단한 일을 하고 있다. 우리 모두에게 박수를.

부모의 시기,
청춘

말만 들어도 떨리는 단어 청춘. 하지만 많은 예비 부모는 걱정한다. 부모가 되는 순간 그들의 청춘은 끝일 거라고, 그들의 인생이 전부 사라질 거라고. 과연 부모가 되는 순간 우리의 청춘은 끝나는 것일까? '청춘'이란 단어를 국어사전에서 찾아봤다.

청춘 靑春
1. 만물萬物이 푸른 봄철이라는 뜻으로,
2. ①십 대 후반後半에서 이십 대에 걸치는, 인생人生의 젊은 나이.
3. ②또는, 그 시절時節.

난 10대~20대라는 범위 규정에 놀랐다. 청춘에도, 젊은 나이에도 범위가 있던가? 나이라는 건 원래 상대적이지 않은가? 20대여도 40~50대의 고민을 안고 사는 사람이 있고, 60대여도 10대의 호기심을 즐기며 사는 사람이 있는데? 믿기 어려운 정의였다. 아니 '믿고 싶지 않다'가 더 정확한 표현이다.

언제까지나 청춘이고 싶은, 청춘일 것이라 믿는 지금의 나를 가만히 바라보았다. 혼자 살아온, 나만 바라본 그 시절에도 충분히 잘 살았지만, 아내를 만나고 새롭게 태어났다. 그리고 윤슬이를 만나 또다시 태어났다.

매일매일 호기심 가득한 윤슬이의 눈망울. 그런 윤슬이의 눈동자 너머 세상은 나에게도 늘 새롭다. 심지어 어렸을 때 듣던 동요도 새롭고 가사도 새롭다. 주스가 될지, 케첩이 될지 고민하는 토마토라니! '찌익, 꿀꺽'을 외치면서 말이다. 세상을 보는 눈이 바뀌었다. 넓어졌다는 표현이 정확하겠다. 보이지 않던 것이 보인다. 아내가 임신했을 때는 임산부들이 보였고, 윤슬이가 태어나니 신생아들이 눈에 들어온다. 그러다 보니 그동안 인식하지 못했던 임산부들과 신생아를 위한 복지와 시설 등에 관심이 생겼다. 유모차를 고민하다 보니 유모차들에 눈이 가고, 유모차 종류와 기능뿐만 아니라 유모차가 다니기 좋은 길과 울퉁불퉁하거나 계단뿐이어서 유모차를 비롯한 휠체어가 다니기 불편한 길과 장소들이 보였다. 아이를 낳기 전에는 생각지 못했던

멀고도 험한 라테파파

부분이다. 사회를 보는 시야가 넓어진 것이다.

　나만 알던 세상이, 나를 중심으로 돌아가던 세상이 변하기 시작했다. 새로운 세상을 접하면서, 내가 모르던 세상을 알아가는 게 신기하고 즐겁다. 윤슬이의 시선을 따라 나 또한 호기심 넘치는 눈으로 세상을 보고 있다. 앞으로 얼마나 새롭고 신기한 세상이 펼쳐질까? 윤슬이 나이만큼 아빠 나이도 정해진다. 윤슬이가 한 살이니까 내 아빠 나이도 한 살. 난 아이와 함께 성장하고 있다.

　그런 의미에서 아이를 키우는 부모의 청춘은 다시 정의되어야 한다. 아이와 함께 청춘을 보내고, 아이의 청춘을 함께 준비하며 그 시간을 엿본다. 모든 부모의 가슴 뛰는 순간. 그 모든 순간이 바로 청춘이다. 그런 의미에서 나에게, 우리에게 청춘은 '지금'이다.

봄에 우리를 찾아와 겨울에 만난 윤슬이, 윤슬이를 기다린 모든 날이 우리에겐 봄날이었다. 변해가는 아내의 몸만큼이나 우리 부부의 마음도 달라지고 있었다. 윤슬이를 만나기 위한 준비를 하며 우리의 마음도 함께 커가고 있었다. 윤슬이를 만날 날이 다가올수록, 새롭게 태어날 아빠와 엄마의 모습을 기꺼이 받아들이며 마음으로 감사했다. 걱정도 많았지만 설렘이 더 컸기에 버틸 수 있었다.

윤슬이를 만나러 가는 길은 두렵고 떨렸지만, 처음 만난 그 순간의 벅찬 가슴은 마치 우리가 새롭게 태어난 것처럼 진정되지 않고 뛰었다. 윤슬이를 처음 안았을 때의 두근거림. 너무나도 작고 여린 아이가 부서질까 봐 온몸에 힘을 주고 조심히 안았던 그때. 윤슬이를 안고 병원을 처음 나서는 날, 눈부신 태양이 우릴 비췄다. 그 햇살은 부모란 이름으로 새롭게 태어난 우리를 위한 선물 같았다. 그렇게 우리 삶에 봄날이 찾아왔다. 모든 것이 새롭고 싱그럽다. 윤슬로 인해 우리 부부도 '청춘'이란 단어를 다시 떠올렸다. 눈이 부시도록 아름다운 시절. 아이와 함께라 더 빛나는 날들. 지금이 우리에겐 청춘이다.

딸바보
아빠의
편지

윤슬이 네가 오기 전 아빠가 좀 아팠던 적이 있어.

30년 넘게 잔병조차 없던, 누구보다 건강했던 사람이었는데.

마음이 많이 아팠지.

외롭고 힘들기도 했어.

하루하루 화려한 조명을 받아도 공허하기만 했어.

정말 많이 지쳤었거든.

솔직히 매일 무서웠어.

거기에 예상하지 못한 교통사고까지.

그래도 방송에서는 아무 일 없다는 듯 밝게 웃어야 했고

몸도 마음도 지칠 대로 지친 순간 윤슬이 네가 와줬어.

많은 것을 손에 쥐고 있었지만

아빠는 모든 것을 내려놓는 선택을 했어.

너를 위한, 우리 모두를 위한 더 중요한 선택이었어.

그때는.

너를 위해 선택한 육아휴직이었지만

이제 와서 생각하니

그건 아빠를 위한 선택이기도 했나 봐.

매일 너의 웃음을 통해

아빠도 모르게 치유 받고 있었나 봐.

너를 키우기 위해 아빠도 강해졌나 봐.

힘을 내야 할 이유가 생겼으니까.

지켜야 할 대상이 생겼으니까.

사실 아빠는 너무 아까웠어.

주말에 널 안을 때마다 훌쩍 커 있는 너를 보며

그 모습을 놓친다는 게 너무 아까웠어.

그래서 아빠는 벌써 기대돼.

네가 목을 가누는 모습

네가 뒤집기에 성공하는 모습

네가 기어가기 시작하는 모습

네가 옹알이하는 모습

하나하나 눈에 담고 가슴으로 감동할 거야.

남들보다 조금 느리게 가는 것일 수도 있어.

어쩌면 알게 모르게 회사에서 불이익을 받을 수도 있겠지.

하지만 너의 커가는 모습.

지금이 아니면 절대 못 보는 모습을 볼 수 있다는 생각에

아빠는 너무너무 기뻐.

조금 천천히 가더라도

윤슬이 속도에 맞춰서 함께 갈게.

한 걸음, 한 걸음

절대 윤슬이 손을 놓지 않고 기다려 줄게.

비록 너는 지금을 기억 못할 수도 있지만

아빠는 하나하나 다 기억할 거야.

너로 인해 치유 받은 시간.

아빠, 힘을 내볼게.

조금 더 씩씩하게 일어나볼게.

심호흡 한 번 크게 하고

힘차게 달려볼게.

자랑스러운 아빠까지는 아니더라도

부끄럽지 않은 아빠가 되도록 노력할게.

절대 지치지 않는다고 약속할게.

선물처럼 찾아온 내 딸,

사랑해.

- 2017년 어느 겨울, 딸바보 아빠가

02

하나보다 행복한 둘

#혼자놀기끝

#아내와함께하는인생여행

#이별여행

#이사람이다

#방송에서의프러포즈

#로맨틱

#성공적

#작은결혼식

"혼자보다 행복한 우리를 알려준 사람"

KBS 아나운서가 되다

'한고비만 넘으면 되는 거였는데.'

2008년 겨울, 크리스마스를 앞두고 KBS 아나운서 시험에서 떨어졌다. 남자 한 명 뽑는 시험이었다. 정말 아까웠다. 그 자리에 내가 있을 수도 있었다는 아쉬움이 컸다. 겨울바람이 유난히 차가웠다. 거리에는 캐럴이 가득했고, 온 세상에는 사랑이 넘쳤지만 나는 낙오자였고, 패배자였다. 당장 내일부터 할 게 없었다. 내가 떨어진 그 시험은, 나와 약속한 마지막 아나운서 시험이었기 때문이다.

하나보다 행복한 둘

배수진을 치고 방송국 아나운서만을 바라봤다. 가슴을 뛰게 하는 유일한 꿈이라는 이유로 방송국 아나운서 시험 외에는 그 어떤 것도 준비하지 않았다. 한 해에 열 명도 뽑지 않는 시험. 유독 경쟁률도 높고, 합격하기도 힘든 시험이었기에 나름대로 배수진을 친 것이었다. 지금 생각하면 참 무모한 도전. 처음 시작할 때 딱 2년만 올인하자고 나 자신과 약속했다. 소위 말하는 메이저 3사의 공채 시험은 방송사별로 한 해에 한 번뿐. 회사 사정에 따라 아예 신입사원을 뽑지 않는 해도 있었다. 간혹 있는 공채도 전형에 따라 2~3개월의 기간이 걸렸다. 최종 면접까지 가는 2~3개월의 공채 전형 끝에 낙방의 결과를 받아들면 속된 말로 만신창이가 된다. 그렇게 몸과 마음을 추스르고 다시 처음부터 도전하는 과정의 연속. 몇 번의 공채 시험에서 아깝게 떨어지다 보니, 약속했던 2년이 지나버렸다. 난 나와 약속했던 마지막 시험에서 떨어졌고, 벌써 스물아홉 살이 되었다. 나 자신을 설득해야만 했다.

'딱 한 번만 더 보는 거야. 정말. 어떤 방송국이든, 딱 한 번만.'
그러나, 그 한 번이 1년 뒤 이맘때일 줄은 꿈에도 몰랐다.

2009년은 금융 위기로 방송 3사의 공채 시험이 없었다. IMF 이후 3사의 시험이 한 번도 없던 것은 2009년이 유일했다. 붙고 떨어지고를 떠나서 시험 자체가 없으니 아나운서를 준비하는 모두가 지쳐 갔다. 힘들었다. 우리에겐 어떠한 선택권도 주어지지 않았다. 미래에 대한 약속도 없었다. 마냥 기다릴 뿐이었다. 그놈의 꿈이 뭔지.

그렇게 1년이 지나갔다. 많은 것을 내려놓은 1년이었다. 더불어 많은 것이 채워진 1년이었다. 내가 진짜 원하는 게 뭔지를 알게 해 준 1년. 부모님은 묵묵히 믿고 기다려주셨다. 하지만 늘 부모님 뵙기가 죄송했다. 마음이 무거웠다. 그렇게 나는 아무것도 해 보지 못하고 서른 살이 되었다. 그리고 서른이 되어서 본 첫 번째 시험에서 'KBS 36기 신입 아나운서'가 되었다. 2008년 KBS 아나운서 시험 이후 최초의 공중파 시험이었다. '딱 한 번만'을 다짐했던 바로, 그 시험이었다.

"연고도 없는데 정말 괜찮겠어?"

KBS 본사에서 연수가 끝나자 사람들이 물었다. 서울 토박이로 다른 지역에는 아는 사람 한 명 없는 내가 지방으로 발령을 받아도 괜찮겠냐는 질문이었다. 나는 오히려 마음이 편했다. 어차피 해야 하는 지역에서의 근무이고 서울을 제외한 어디에도 연고가 없으니, 오히려 고민할 필요가 없었다.

먼저 프로그램들을 살펴봤다. 예전부터 진행하고 싶었던 음악 프로그램이 있었다. 프로그램 이름은 〈콘서트 필〉, 지역은 광주였다. 〈유희열의 스케치북〉보다 더 오래된 전통의 프로그램. 전국적으로도 프로그램의 가치와 의미를 인정받는 정통 음악 프로그램이었다. 사실 광주는 살면서 한 번도 가본 적이 없는

하나보다 행복한 둘

곳이었다. 하지만, 이제 내게 광주는 〈콘서트 필〉이 있는 예술의 도시였다. 잘 모르는 곳이어서, 가본 적이 없어서 오히려 한 번쯤 살아보고 싶었다. 이왕 지역 근무를 선택해야 한다면, 진행하고 싶은 프로그램이 있는 곳으로 가고 싶었다. 망설임 없이 광주를 지원했다.

지원 후에도 주변 사람들은 연고 없음을 걱정했다. 대체 연고가 뭐길래. 그게 어떤 의미길래 사람들이 이리도 걱정하는 걸까? 국어사전에서 '연고'의 의미를 찾아봤다. 연고를 설명하는 여러 의미 중 3번 뜻에서 시선이 멈췄다. 단 두 글자.

연고 5 緣故

1. 사유7事由(일의 까닭).
2. 혈통, 정분, 법률 따위로 맺어진 관계.
3. 인연因緣.

연고는 인연이었다. 뒤집어 생각하면 내가 그곳에서 맺는 모든 '인연'이 내 '연고'가 되는 것이었다. 앞으로 스치듯 만나게 될 모든 인연이 특별하게 다가올 것만 같았다. 마음이 편해졌다. 더 이상 남들이 걱정하는 연고에 마음 쓰지 않기로 했다. 기쁜 마음으로 광주를 향했다. 더 좋은 인연과 더 많은 연고를 만들 생각으로. 그리고 정말 그곳에는 내가 상상도 못한 많은 일이 나를 기다리고 있었다.

혼자
놀기

1999년 겨울, 처음으로 혼자 영화를 봤다. 생각도 못한 좌절에 누구에게도 손을 내밀 수 없던 힘든 순간이었다. 현실에서 도망치듯 찾아간 강변역 근처 영화관에서 가장 빨리 볼 수 있는 영화표를 끊었다. 상영작은 〈러브레터〉. 아무 생각 없이 좌석에 앉았는데, 아뿔싸! 단체 관람 온 여고생들이 나를 겹겹이 둘러싸고 있었다. 영화는 시작했지만, 불안이 엄습했다.

'저 사람들이 나를 이상하게 생각하지 않을까?'

'내가 영화에 집중할 수 있을까?'

'내가 영화를 끝까지 볼 수는 있을까?'

하나보다 행복한 둘

그러나 우려와 달리 나는 누구의 방해도 받지 않고 영화에 집중할 수 있었고, 그 시간 동안 내 안의 '나'와 교감하고 대화했다. 오랫동안 잊고 지냈던 진짜 '나'를 다시 만난 순간이었다. 사람에 둘러싸일수록 난 혼자 노는 것을 즐겼다. 주변에 친구도 많았고, 특유의 오지랖 덕분에 아는 사람도 많았다. 호기심이 많아서 관심 있는 분야도 많았고, 자연스럽게 그 과정에서 관계를 맺는 사람도 많았다. 하지만 신경 써야 할 사람, 챙겨야 할 사람이 많아지다 보니 때때로 그 관계가 버거워지는 순간이 찾아왔다. 내 능력 이상의 관계가 맺어지면서 크고 작은 오해가 생기기도 했다. 내 안에서 답을 찾아야만 했다. 그럴 때면 혼자 놀았다. 사람에 치이고, 관계에 지쳐가면 신호가 왔다.

'혼자 놀기가 필요한 순간이구나.'

나 자신에게, 내 감정에 소홀했다는 신호였다. 내가 진짜 원하는 게 무엇인지 들어달라는 내 안의 신호. 신호가 오면 떠났다. 목적지는 인천공항. 막차를 타고 떠나서 첫차를 타고 돌아오는 일정이었다. 밤 10시 30분, 분당에서 마지막 리무진 버스를 탄다.

"인천공항행 막차입니다."

버스를 탈 때마다 기사님은 목적지를 확인하셨다. 보통 그 시간에 인천공항을 향하는 사람은 많지 않다. 역시나 버스에는 나 혼자다. 공항 가는 길은 언제나 설렌다. 나름 신중히 선택한 음악 재생목록을 즐기며 여행을 떠난다. 막차를 타고 인천공항을 향하는 길은 막히지도 않는다. 시원하게 뚫린 도로를 달리며 음악에, 야경에 푹 빠진다. 지금부터는 오로지 나와 대화하는 시간이다. 무언가를 정리하고, 새로운 것을 계획하는 시간. 시작과 끝이 맞닿은 공간을 원했다. 누군가에게는 출발이지만, 누군가에게는 도착일 수도 있는 공간. 여러 가지 '안녕'이 공존하는 공간. 내가 찾은 그곳은 인천공항이다.

막차를 타고 도착한 인천공항에는 아직 사람들이 있다. 마지막 안녕을 하기에는 조금 이른 시간. 첫 안녕을 건네기에는 많이 이른 시간. 늘 그 오묘한 경계의 시간에 도착한다.

어수선한 인사도 잠시. 각자의 자리로 돌아가려 인사를 마친 사람들을 보내고, 공항은 이내 고요해진다. 아직 자기 자리를 찾지 못한 사람들만이 바쁘게 움직이며 침묵의 시간을 보내고 있다. 차분하게 내려앉은 어둠 속 분주한 움직임과 고요가 함께하는 공간. 인사가 끝난 인천공항은 그렇게 신비한 공간과 시간으로 변한다. 자리를 잡는다. 넓고 다양하고 쾌적하다. 세계에서 노숙하기 가장 좋은 공항으로 꼽히는 인천공항. 잠시 쉬어가는 나 같은 사람에게도 안성맞춤이다.

'이런 곳도 있었나.'

올 때마다 새롭다. 아직도 돌아볼 곳이 많이 남았다는 건 '부담 없이 다음에 또 오라'는 허락처럼 들린다. 기꺼이 다음을 기약하며 오늘은 일단 여기에 앉기로 한다. 앉아서 생각한다. 지금 뭉쳐 있는 실타래를 풀어본다. 복기하고 분석한다. 내가 진정

하나보다 행복한 둘

원하는 게 무엇인지 물어본다. 솔직하게. 해결이 안 나면 과감히 실타래를 끊어보기도 한다. 물론 풀 수 있는 만큼은 최대한 풀어본다. 하지만 가장 중요한 기준은 내 마음이다.

한참을 그렇게 내 안의 목소리에 집중하다 보면 날이 밝아온다. 청소하시는 분들이 분주해진다. 또 다른 인사의 시간이다. 곧 사람들이 몰려올 것이다. 나의 '혼자 놀기'도 이제 끝이다. 쿨하게 일어나 첫차를 타고 인천공항을 나선다. 들어오는 사람들을 가로질러 유유히 공항을 빠져나온다. 지난밤은 오로지 나와 보내는 시간이었다. 그렇게 혼자 실컷 놀았으니 됐다. 답을 구하려고 온 게 아니었으니까. 그동안 소홀했던 나에게 집중하기 위한 시간이었으니까. 그걸로 된 거다.

'혼자 놀기'는 그동안 남에게 신경 쓰느라 소홀했던 '나'를 의식적으로 챙기는 일이다. 남의 얘기를 듣느라 귀 기울이지 못한 '나'의 이야기를 들어주고, 남에게 선물하기 바빴던 나에게 작은 선물을 주는 것이다. 남의 시선을 신경 쓰느라 돌보지 못했던 진짜 나를 만나는 일이다. 방법은 간단하다. 열심히 사느라 시도하지 못한 하고 싶은 일을 하게 해 주면 된다. 이때 중요한 건 다른 사람의 의견을 생각하지 않는 것. 아주 잠깐이라도, 오로지 '나'만을 위해 살아보는 것이다.

남들과 보내는 시간에 익숙한 만큼 혼자의 시간도 소중하게 보내고 싶었다. 그런 마음으로 틈틈이 혼자 놀았다. 참 열심히도 놀았다. 남들과도, 혼자서도, 정말 열심히. 그렇게 20대의 마지막이 지나갈 때쯤 또다시 신호가 왔다. '혼자 놀기'가 필요하다는 신호. 이번에는 '꿈'이라는 녀석이 문제였다. 그동안 나는 아나운서라는 꿈 때문에 너무 많은 것을 희생하고 살았다. 워낙 이루기 힘든 꿈이었기에 어느 정도의 희생은 불가피하다고 생각했다. 그랬더니 '꿈을 담보로 일상의 행복을 희생하지 말라'며 내 안의 내가 신호를 보내왔다. 사실 이미 여러 차례 신호를 보내왔지만 외면했었다. 그놈의 꿈 때문에 나는 나에게 너무 소홀했고, 내 안의 나는 지쳐가고 있었다. 그 어느 때보다 '혼자 놀기'가 필요할 때였다. 나에게 관심이 필요한 순간이었다.

다행히 30대가 시작되고 얼마 지나지 않아 꿈 근처에 다가갈 수 있었다. 훌륭한 아나운서가 될 기회. KBS 공채 36기 아나운서였다. 이제는 그 꿈 때문에 희생해야 했던 나와의 화해가 필요했다. KBS 본사에서의 연수를 마치고 광주로 첫 번째 발령을 받았다. 이것은 기회였다. 아는 사람 한 명 없는, 소위 연고조차 없는 곳이었지만, 그동안 소홀했던 나를 마주할 기회라고 생각했다. 내 꿈에 다가갈 기회이자, '진짜 나'를 발견하고 성장할 기회. 어쩌면 나와 가장 가까워질 수 있는 시간, 가장 솔직한 나를 만날 수 있는 시간이라 생각했다. 그렇게 생각하니 광주로 향하는 발걸음이 무겁지 않았다. 그곳 광주에는 평생 다시는 없을, 오로지 '나만을 위한 시간'이 기다리고 있었다.

하나보다 행복한 둘

혼자보다
행복한 둘이 되다

대학교에서는 노래를 했다. '에밀레'라는 노래 동아리였다. 혼자 부르는 노래가 아니었다. 서로의 목소리를 섞어, 화음을 맞추는 노래를 했다. 함께 부르는 노래.

"이 동아리 방에는 새가 한 마리 살고 있어. 화음을 먹고 살지. 너희가 목소리를 섞고, 화음을 맞춰야 하는 이유야. 아름다운 화음을 내지 못하면 그 새는 죽어. 새를 죽이면 안 되겠지? 그러니까 불협화음은 안 돼. 자꾸 음 떨어지잖아. 다시 해 보자."

첫 연습부터 선배들은 화음을 강조했다. 혼자는 못해도 되지만 함께일 때는 못하면 안 됐다. 절대음감보다 중요한 상대음감. 노래할 때 눈을 감는 것도 허락되지 않았다. 눈을 맞추고, 서로의 입을 보면서 함께 호흡해야 했다.

"화음에서 가장 중요한 게 뭔지 알아? 바로 희생이야."

술자리에서 반쯤 풀린 눈으로 선배는 늘 강조했다. 자기만 잘났다고 '자기 소리'를 내다보면 화음은 불가능하다. 상대를 배려하며 조금씩 '자기 소리'를 포기한 목소리가 모여서 화음이 되는 순간, 혼자서는 절대 낼 수 없는 아름다운 노래가 완성된다. 화음을 위한 희생과 조화, 그 중간 어딘가를 유지하면서 대학 생활이 지나고 있었다.

군 제대를 얼마 남기지 않은 어느 날, 새로운 것을 배우고 싶었다. 새로운 에너지가 필요했다. 적당히 즐기면서, 집중할 수 있는 무언가. '춤'을 추기로 했다. 노래는 실컷 했으니, 이제는 몸으로 내 감성을 표현해 보고 싶었다. 이왕이면 체계적으로 배우고 싶었다. 다양한 사람을 만나면 더 좋을 것 같았다. 아는 동생의 권유로 동호회에 가입했다. 혼자 추는 건 쑥스러우니 누군가와 함께하는 춤을 추자는 생각이었다. 내가 처음 접한 춤은 스윙댄스였다. 스윙재즈 음악에 맞춰 몸을 움직이는 흥겨운 춤. 즐거웠다. 재미있고 유쾌했다. 무엇보다 다양한 사람들을 만날 수 있어 좋았다.

대학생이던 나는 거의 막내였다. 대부분은 직장인 형, 누나들. 들어가면 신입생 취급을 했다. 도우미도 있고, 선배와 선생님도 있었다. 신입생은 많은 관심 속에 특별 관리를 받았다. 강촌으로 신입생 MT도 갔다. 여장을 하고, 게임을 하고, 술을 마시고. 대부분 직장인이었던 형, 누나들은 다시 대학생이 된 것 같다며 즐거워했다. 따뜻했고 친근했다. 새로운 가족이 생긴 것 같았다. 그들과 함께 배우는 춤이 참 좋았다.

"스윙댄스는 예의를 갖춰야 하는 춤입니다. 춤을 권할 때와 춤을 출 때, 춤을 추고 나서도 예의를 지켜야 합니다. 서로에 대한 배려가 필요합니다. 춤을 잘 추기 위해서 중요한 건 희생입니다. 나를 잠시 희생하고 파트너를 배려하면, 혼자서는 절대 출 수 없는 아름다운 춤을 완성할 수 있습니다."

스윙 선생님은 희생과 배려를 중요하게 생각했다. 노래 동아리가 떠올랐다. 희생과 조화로 아름다운 화음을 만들고, 희생과 배려로 아름다운 춤을 춘다. 여러 가지로 노래 동아리와 스윙댄스는 닮아 있었다.

"목소리로 춤추는 아나운서가 되고 싶습니다."

최종 면접에서 당당하게 외쳤던 한마디. 목소리뿐만 아니라 가슴으로 전달하는 아나운서. 노래 동아리, 스윙댄스를 경험하면서 배운 배려와 희생을 몸에 익힌 아나운서. 나는 그렇게 목소리로 춤추는 아나운서가 되고 싶었다. 세상을 온전히 바라보고 싶었다. 소중하고 귀하게. 혼자의 시간이 많아지면, 그렇게 될 거로 생각했다. 세상을 더 집중해서 바라보고 세상의 모습을 더 자세히 볼 수 있을 것이라 믿었다. 하지만 이건 반만 맞는 얘기였다. 희생과 배려의 '상대' 없이, 나 혼자 가능한 일이 아니었다.

나는 혼자서도 아주 잘 노는 사람이었다. 혼자서 노는 건 재미있고 자유로웠다. 하지만 함께하는 건 더 재미있었다. 재미와 의미를 함께 나눌 수 있는 누군가가 있으니, 세상을 더 온전히 바라볼 수 있었다. 내가 던지는 메시지에 대한 반응도 확인할 수 있었다. 생각해 보면 나는 혼자 노는 것보다 함께 노는 것을 더 좋아했다. 내 주변의 모든 것이 누군가와 함께 호흡하고, 배려하며 맞춰가는 것들이었다. 어쩌면 '함께' 더 잘 놀기 위해 혼자 노는 연습을 하는 것일 수도 있었다. 온전한 하나가 되어야 함께일 때 더 의미가 있으니.

외롭다고 굳이 누군가를 찾지 않았다. 혼자인 시간을 알차게 보냈다. 더 좋은 사람, 더 멋진 사람이 되어야겠다고 생각했다. 그렇게 혼자의 시간을 충실히 보내다 보니 자연스럽게 둘이 되었다. 더 괜찮은 내가 되려고 노력하다 보니 그만큼 괜찮은 사람이 자연스럽게 옆에 있었다. 혼자보다 재미있는 둘을 알려준 사람, 시행착오를 겪으며 홀로 외롭게 성장하던 나를 잡아준 사람. 그녀였다. 장거리 연애를 아무렇지 않게 생각하고, 내가 부정하던 것들을 긍정해 주는 사람. 목소리로 춤추는 내 모든 것에 박수를 보내는 사람. 그녀와 함께하면서 알게 되었다. '혼자보다 더 나은 둘'이 있다는 사실을 말이다. 그렇게 그녀는, 자연스럽게 내 삶으로 찾아왔다.

하나보다 행복한 둘

안부를
묻는다는 것

"지금이 몇 신데 아직 자는 거야?"

〈뉴스광장〉 생방송을 마친 오전 8시 그녀에게 전화를 건다. 새벽 5시에 출근하는 나로서는 이미 생방송을 2개나 마친 시간이지만, 오후에 출근하는 그녀에게는 새벽일 수도 있는 시간.

"오늘도 오빠 목소리로 일어났네. 모닝콜 고마워."

그녀는 내가 모닝콜을 했다고 표현했지만, 정작 모닝콜을 받은 건 나였다. 새벽에 출근해 TV 뉴스까지 마쳤지만, 잠이 덜 깬 그녀의 목소리를 듣고서야 비로소 내 진짜 하루가 시작된다. 아침은 언제 먹을 건지, 뭘 먹을 건지, 확실히 먹긴 할 건지, 점심은 누구와 어떻게 먹는지, 저녁에 약속은 없는지 간단한 확인. 비록 몸은 멀리 떨어져 있지만, 하루를 공유한다. 심리적으로 연결된 느낌. 서로의 안부를 묻는 것만으로도 이렇게 힘이 된다는 사실을 예전에는 잘 몰랐다.

자의 반 타의 반으로 꽤 오랫동안 혼자 살았다. 처음에는 좋았다. 누구의 간섭도 받지 않고 마음대로 시간을 보냈다. 어른이 된 것 같았다. 그러다 묘한 책임감이 생겼다. 그 시간을 더 잘 쓰고 싶었다. 집을 꾸미고, 정리하고, 청소하면서 깔끔한 공간을 유지했다. 동시에 '나'에 대해서도 깔끔한 상태를 유지하려고 애썼다. 꾸준히 운동을 하고, 식단도 조절하고, 여러 가지를 배우고, 책도 많이 읽었다. 옷과 액세서리에 대한 적당한 투자와 문화생활도 빼놓을 수 없었다. 성장을 위해, 배움을 위해 시간과 돈을 썼다. 나를 위한 투자였기에 아깝지 않았다. 하루하루 열심히, 그리고 충실히. 만족스러운 날들이었다. 나는 잘 살고 있다고 생각했다.

여느 때와 다름없는 하루를 보내고 집으로 돌아온 어느 저녁. 문 잠기는 소리가 유난히 크게 들렸다. 벗은 신발이 현관 바닥에 떨어지는 소리가 울렸다. 그 짧은 울림이 지나가는 동안 가만히 있었다.

'깜빡'

하나보다 행복한 둘

현관문 센서가 꺼졌다. 어두웠다. 고요하고 공허했다. 가슴이 먹먹했다. 집을 예쁘게 꾸미고 깔끔하게 정리했는데, 이 모습을 함께할 사람이 없었다. 잘 살고 있다고 얘기해 주는 사람이 없었다. 혼자였다. 혼자 재미있게 살고 있다고, 잘 살고 있다고 SNS에 포스팅하면 수많은 '좋아요'가 달렸지만 정작 이 공간에, 내 삶에 함께하는 사람은 없었다. 사이버상에서는 서로 같은 시간을 공유하는 것 같았지만 지금 당장 내 옆에는 아무도 없었다. 철저히 혼자였다. 외로웠다.

친구에게 전화를 걸었다.

"잘 지내지? SNS 잘 보고 있어."

SNS로 확인하는 친구의 일상. 매일 함께하는 것처럼 '좋아요'를 누르고 댓글을 달았지만 정작 '잘 지내지?'라는 질문에 대답하기 망설여졌다. 내가 어디서부터 얘기해야 하는지 고민됐다. 나의 어디까지를 알고 있는 건지. 나는 그 친구의 어떤 면까지를 알고 있는 건지. 우리가 함께 공유했던 추억은 어디까지인 건지. 내가 아는 근황이 '진짜'라는 확신도 없었다. 혼란스러웠다. 잘 지낸다고, 조만간 한번 보자고 말하고 서둘러 전화를 끊었다. 어딘지 어색했다. SNS를 벗어나니 내가 알던 그 친구가 아닌 것만 같았다. 그 친구가 보고 싶은 내가 아닌 것만 같았다. 점점 그렇게 되어가고 있었다. 안부를 묻는 일이 점점 특별한 것이 되어가고 있었다.

하지만 그녀와의 통화는 달랐다. 부연 설명이 필요 없다. 어떤 내용을 말해야 할지 고민하지 않고, 시시콜콜한 감정까지 털어놓을 수 있는 사람. 그리 특별하지 않은 소소한 일상을 공유하는 사람이 있다는 사실이 좋았다. 평범한 하루 동안 잔잔하게 변하는 내 감정을 속속들이 아는 사람, 좋으면 좋다 싫으면 싫다 맞장구쳐 주는 사람. 거리와는 상관없이 함께하는 느낌이 들었다. 안부를 묻는 사이. 그녀는 내 안부를 궁금해했고, 나도 그녀의 안부를 듣고 싶었다.

'뭐해?'

'지금 기분 어때?'

'무슨 생각해?'

혼자가 아닌 느낌. 그녀와 통화를 하면 마음이 편안해지고 안정이 되었다. 내 인생에서 그녀의 존재가 점점 더 특별해지고 있었다.

하나보다 행복한 둘

파리,
그리고 센 강

결혼 전 연애 시절 아내는 서운하다고 말했다.

"오빠는 왜 사귀자는 말을 안 해?"

이미 사귀고 있는데 무슨 말을 해야 할까?

"우리가 정확히 언제부터 사귄 건데?"

사랑의 시작을 정확히 아는 사람이 있을까? 언제부터가 사랑이었는지 도무지 알 수가 없었다. 적어도 난 그랬다. 그래도 확신이 든 순간이 있었다. 한 장의 사진처럼 내 기억 속에 간직되는 장면. 파리, 센 강, 그리고 폴 샌드위치 한 조각….

라테파파

유럽여행을 처음 간 건 34세 여름이었다. 그것도 파리. 생각도 못한 여행이었다. 우연한 기회에 여행 계획이 잡혔고, 그녀도 함께였다. 평소보다 비싸게 구한 티켓이었지만 마음이 들떴다. 유럽이라니, 그것도 파리라니. 도착하자마자 건물에 압도되고, 분위기에 빠져들었다. 긴장하면서도 풀어진, 적당히 취한 느낌이 계속됐다. 황홀경에 빠진 듯 모든 것이 아름다워 보이던 그때, 사건이 발생했다.

파리에 가면 꼭 가봐야 할 샌드위치 가게 '폴'에서 소매치기를 당했다. 조심하고 또 조심했지만, 파리의 소매치기는 우리보다 한 수 위였다. 평소에 신중하고 꼼꼼한 그녀였기에 충격이 컸다. 그녀가 잠시 흔들리는 게 보였다.

'이 여행을 망치고 싶지 않다.'

작은 실수로 여행의 추억이 망가지는 게 싫었다. 그녀가 자책하게 되는 상황을 가장 경계했다. 최대한 침착하게 현실을 바라봤다. 잃어버린 건 현금이 든 지갑이었다. 우리에게 남은 건 뮤지엄 패스와 바토 뮤슈 티켓. 돈은 없었지만 걸어서 돌아다닐 수는 있었다. 그녀를 보며 웃었다. 그녀의 손을 잡고, 아무 말 없이 걸었다. 앞으로도 어려운 일이 생기면 손을 잡고 함께 걷자는 다짐이었다. 개선문 앞에서 마음 좋아 보이는 한국인 대학생에게 지하철 패스인 카르네 티켓을 빌렸다. 정말 고마웠다. 호텔까지 갈 방법을 찾으니, 두려울 것이 없었다.

센 강을 걸었다. 어차피 바토 무슈에 가려면 지나야 하는 곳

하나보다 행복한 둘

이었다. 걷다 힘들면 앉았다. 책도 읽고 음악도 들었다. 애증의 폴 샌드위치를 씹었다. 열심히 씹었다. 센 강을 마냥 바라봤다. 부서지는 노을과 적당한 바람. 기분이 좋았다. 난감한 상황이 난감하지 않은. 내 곁에 있는 이 사람과 함께라면 어떤 순간도 기분 좋은 추억이 될 것 같았다. 추억은 영상이 아닌 사진으로 남겨진다지. 아무것도 가진 것 없는 두 사람의 센 강. 한 장의 사진으로 기억되는 아름다운 순간이었다. 문득 이런 생각이 들었다.

'먼 훗날, 우리 아이에게 파리에서의 이 추억을 얘기해 줄 것 같다.'

언제부터 시작이었는지는 잘 모르겠다. '오늘부터 1일'이라는 말로 우리 사랑을 재단하고 싶지는 않았다. 물 흐르듯 자연스럽게, 그렇게 가까워지고 싶었다. 그래서 말할 수 없었다. 우리의 사랑이 언제부터 시작이었는지를. 하지만 파리에서의 그 순간, 나는 확신했다. 사랑이라는 감정이 정확히 뭔지는 잘 모르겠지만, 지금 이 사람을 통해 느끼는 감정이 그것과 가장 가깝겠구나. 그리고 먼 훗날 우리는 다시 이곳에 오겠구나. 이 사람이라는 확신이 생긴 순간. 나에게 파리, 그리고 센 강은 그렇게 기억된다.

이별 여행,
결혼을 결심하다

원래 화를 잘 내지 않는 성격이다. 늘 웃는 모습으로 친절하게 대하다 보니 때로는 비인간적으로 보인다는 얘기마저 들을 정도로 매사에 긍정적인 나였다. 그런데 그녀에게는 가끔 화를 냈다. 정확히 표현하면 화가 났다. 이상했다. 정확한 이유를 몰랐다. 남들에게는 한 번도 내지 않던 화를 그녀에게는 나도 모르게 내고 있었다.

그날도 그랬다. 별일 아니었는데 화가 났다. 세상에서 가장 좋아하는 사람인데, 왜 그랬을까. 그녀에게 시간을 달라고 말하

하나보다 행복한 둘

고, 가장 빠른 제주행 비행기에 올랐다. 나와 그녀의 미래를 위해, 나에게는 시간이 필요했다.

아무나 붙잡고 대화를 나누고 싶었다. 알 수 없는 내 마음을 쏟아내고, 새로운 이야기를 실컷 듣고 싶었다. 사람들과 도란도란 얘기를 나눌 수 있는 게스트하우스를 숙소로 정했다. 늦은 오후, 게스트들이 거실에 둘러앉아 그날 여행 이야기를 시작으로 이런저런 이야기꽃을 피울 시간에 숙소에 도착했다. 그런데 너무 조용했다. 이상하다. 그리고 필요 이상으로 친절한 주인아저씨.

"이런 적이 거의 없는데…."

그날, 나는 게스트하우스의 유일한 손님이었다. 머릿속이 복잡해서 사람들과 얘기를 나누고 싶었는데, 오히려 혼자만의 시간이 생겨버렸다.

'이럴 줄 알았으면, 차라리 인천공항에 갈걸.'

낯설고 더 심심하다는 것 외에는 집에 혼자 있을 때와 다름없는 시간이 흐르고 있었다.

"이것 좀 드세요."

주인집보다 더 넓은 공간을 혼자 쓰게 된 내가 안쓰러웠는지 주인아저씨는 맥주 한 캔을 두고 가셨다. 맥주를 홀짝이며 방명록을 뒤지는 것이 그날 내가 할 수 있는 유일한 일이었다.

아침 일찍 일어나 조식을 먹었다. 주인아저씨가 나와 계셨다. 평소에는 잘 안 나오시는 것 같았다. 동작이 매우 어색했고,

나보다 더 카페테리아를 낯설어했다. 당황하셨겠지. 이 넓은 게스트하우스에 홀로 묵은 손님이 있으니. 의무감으로 똘똘 뭉친 게스트와 주인의 형식적인 대화가 오갔다. 약 10시간 만에 사람과 나눈 첫 대화였다.

맛집을 검색했다. 카페를 검색하고 인근 바닷가를 검색했다. 커피는 향기로웠고, 바다는 아름다웠다. 도심에서는 볼 수 없던 좋은 풍경도 많이 봤다. 좋았다. 그런데 즐겁지는 않았다. 혼자 다니는 것도 좋아하고, 혼자 즐기는 것도 좋아하는 나였지만, 지금 이 감정을 나눌 사람이 없다는 게 서글펐다. 그녀가 보고 싶었다.

곰곰이 생각해 봤다. 나는 왜 '그녀에게만' 화가 나는 걸까?

"오빠, 남들한테는 안 그러지?"

그녀가 자주 물었던 질문. 당연하지. 넌 남들과 다르니까. 넌 특별하니까. 넌 내게 남이 아니니까. 나와 가장 가깝고, 어쩌면 나보다 나를 더 잘 아는 사람. 누구보다 나를 가까이에서 보고 있는 사람이니까. 그동안 나는 보이기 싫은 나쁜 모습들을 감추고, 좋은 사람으로 기억되기 위해 일종의 가면을 쓰고 연기를 하며 살았다. 하지만 그녀에게는 그러고 싶지 않았다. 그럴 수도 없었다. 아무리 감추려 해도 들키고 마니까. 그래서 화가 나는 거였다. 나를 가장 솔직하게 만들고, 나도 보지 못한 내 모습을 들여다보게 만드니까. 그래서 소중한, 남이 아닌 사람.

하나보다 행복한 둘

혼자 여행을 와보니 알게 됐다. 그녀는 참 좋은 여행 파트너였다. 그녀와 여행을 다니면서 서로 닮은 듯 다른 성격이 참 좋았다. 부족한 점을 채워주고, 도와가며 마찰 한 번 없었던 여행이 그렇게나 좋았다. 우리의 인생이 여행과 닮았다면, 그녀와 함께하는 여행은 참 행복할 것 같았다. 누군가와 머나먼 여행을 떠나야 한다면 그 상대가 그녀이길 바랐다. 그런 의미에서 그녀는 참 좋은 여행 파트너이자 삶의 동반자라는 생각이 들었다. 혼자 있고 싶어서 떠난 제주에서, 오히려 그녀의 존재가 명확해졌다. 내겐 그녀가 필요했다. 여행에서도, 인생에서도.

"결혼하자."

그녀는 한동안 말을 잇지 못했다. 헤어질 수도 있다는 생각에 마음의 준비를 하고 있었기에 황당해했다. 그런 그녀에게 나는 확신에 찬 눈빛으로 당당하게 말했다. 앞으로 어떻게 될지 알 수 없는 인생이지만, 적어도 내 감정에 솔직할 수 있는 사람과 함께라면 후회는 적을 테니까. 나를 무장해제시키는, 그래서 가장 솔직한 내 모습을 볼 수 있는 사람이 바로 너니까. 비로소 그녀는 살짝 미소를 보였다.

그렇게 이별을 준비하던 우리는 결혼이라는 전혀 다른 여행을 준비하게 되었다.

내 방송에서의
프러포즈

마음을 다해 사랑할 수 있는 일을 만난다는 것, 그만한 행복이 있을까? 〈콘서트 필〉을 만난 건 내게 행운 이상의 것이었다. 음악과 공연을 좋아하는 내가 아나운서가 되어 음악 프로그램의 진행자가 되었고, 좋아하는 음악을 마음껏 들으며 방송을 준비했다. 좋아하는 뮤지션을 만나 눈을 바라보며 평소 궁금했던 질문을 쏟아내고 대화를 나누는, 순간순간이 즐거운 일. 그런 일을 만날 기회가 얼마나 될까?

매번 진심으로 준비했다. 마음을 다해 사랑했다. 나는 행운아였으니까. 대충대충 준비하는 것은 시청자에 대한, 음악과 무

하나보다 행복한 둘

대에 대한, 무엇보다 내 꿈에 대한 부끄러움이었으니까. 대한민국에서 점점 사라져가는, 이제는 정말 몇 남지 않은 정통 음악 프로그램의 최장수 진행자였으며, 그중에서도 유일한 비뮤지션이자 아나운서 진행자로 보낸 7년. 감사하게도 그 열정을 인정받아 'TV진행자상'까지 받았다. 지난 7년은 그렇게 〈콘서트 필〉과 진심으로 사랑한 시간이었다.

꿈이 하나 있었다. 내가 가장 사랑하는 프로그램, 내가 가장 사랑하는 공간에서, 내가 가장 사랑하는 사람에게 마음을 전하는 꿈. 방송을 하는 사람이라면 누구나 한 번쯤 꿈꾸는 '내가 진행하는 방송에서의 프러포즈'였다.

그날은 그녀의 휴가였다. 그리고 〈콘서트 필〉의 녹화날이기도 했다. 그녀가 녹화장에 놀러오겠다고 했다. 마침 내겐 결혼반지가 있었다. 제작진에게 농담하듯 프러포즈 이야기를 꺼냈다. 그런데 의외로 제작진의 반응이 뜨거웠다.

"지금까지 역대 MC 중 프러포즈는 최초 아냐?"

"해요, 해요, 우리가 뭘 준비하면 되죠?"

"일단 케이크는 제가 맡을게요."

"꽃다발도 필요하지 않을까요?"

"프러포즈 주인공이 진행하긴 좀 그러니까, 진행은 제가 할게요."

"가수에게도 미리 양해를 구해야겠죠?"

"객석에는 비밀로 합시다. 관객에게도 서프라이즈로!"

나보다 제작진이 더 들떴다. 공연 프로그램의 특성상 중간 중간 무대를 준비하는 시간이 있다. 사전 MC가 무대에 올라 이벤트를 진행하는데, 종종 용기 있는 시청자의 사연을 받아 프러포즈를 진행하기도 한다. 방송과 상관없는, 무대 준비 시간에 하는 막간 이벤트였기에 관객들도 기쁜 마음으로 축복해 주고는 했다. 나 역시 축복하는 마음으로 그들의 프러포즈를 도왔다. 그런데 오늘 내 역할은 조력자가 아닌 프러포즈의 주인공이었다.

녹화를 수없이 진행했지만, 그날처럼 떨리기는 처음이었다. 초대 가수는 장재인 씨. 노래를 마친 장재인 씨와 음악 얘기를 하는 동안 녹화에 집중했지만, 마음 한구석은 쿵쾅쿵쾅 뛰고 있었다. 심장 소리가 장재인 씨에게 들릴까 봐, 마이크에 들어갈까 봐 걱정할 정도였다. 토크를 마치고 다음 무대를 준비하는 시간.

"아니 잠깐만요. 이렇게 내려가시는 거예요?"

무대 위로 사전 MC 곽귀근 씨가 올라왔다.

'시작됐구나.'

"우리 콘필지기 한별 씨에게 좋은 소식이 있다면서요?"

"예전부터 제 결혼 소식은 〈콘서트 필〉에서 제일 먼저 알리겠다고 말씀드렸는데, 이제야 전하게 됐네요. 여러분 저 결혼합니다."

관객들의 박수와 환호가 쏟아졌다. 진심으로 축하해 주는 모습에 눈물이 날 뻔했다.

"그런데 한별 씨, 아직 프러포즈를 안 하셨다면서요? 프러포즈 안 하면 평생 후회합니다. 지금까지 수많은 커플의 프러포즈를 위해 노력하셨으니까, 오늘은 한별 씨를 위한 프러포즈 기회를 드릴게요!"

미리 약속한 대로 귀근 씨는 그녀를 무대 위로 불렀다. 그녀는 많이 놀란 눈치였다. 나는 우리 청첩장에 미리 적어놓은 편지를 읽었다. 한쪽 무릎을 꿇고.

지금까지 100번이 넘게 <콘서트 필>을 진행했지만
오늘처럼 떨리는 녹화는 처음입니다.
바로 당신이 이곳에 함께하기 때문입니다.
10년 전, 대학 선후배 사이로 만났을 때
저는 우리가 이런 사이가 될 줄 몰랐어요.
그때 우리는 각자 따로 연애를 하고 있었죠.

당신은 내게 소중한 사람입니다.
참 고마운 사람입니다.
언젠가 당신에게 내가 말했습니다.
'유명한 사람'이기보다는 '행복한 사람'이고 싶다고.
당신과 함께라면 난 참 행복할 것 같다는 생각이 듭니다.
심보선 시인의 어느 문장처럼
이제 우리의 '이별'은 '이 별'을 떠날 때만 가능하게 됐습니다.

내가 가장 사랑하는 공간에서,

내가 가장 사랑하는 당신에게,

벅찬 사랑을 담아 조심스럽게 말해 봅니다.

나랑 결혼할래요?

그녀의 수줍은 대답과 반지 전달, 작은 입맞춤. 그렇게 '내 프로그램에서의 프러포즈'라는 꿈이 이루어졌다. 사전 MC 귀근 씨는 프러포즈 진행을 맡았고, 작가와 FD분들은 케이크와 꽃다발을 준비해 줬으며, 조명 감독님은 그녀를 위한 특별 조명을 쏴주셨다. 카메라 감독님들은 방송 카메라로 프러포즈 현장을 예쁘게 담아주셨다. 장재인 씨는 우리만을 위한 축가를 불러 줬고, 관객들은 엄청난 박수와 환호로 프러포즈의 증인이 되어 주셨다. 그리고 박남용 PD는 그 모습을 편집해서 방송에 내보냈다. 프러포즈 현장을 녹화하고 있었던 것이다. 오랜 기간 〈콘서트 필〉을 지켜온 MC를 위한 깜짝 선물이었다.

가장 사랑하는 프로그램을 진행하는 가장 사랑하는 공간에서, 가장 사랑하는 사람에게 마음을 전달하고 모두에게 진심으로 축하를 받은 순간. 그 순간 나는 최고의 행운아였다. 너무나 감사하게도.

아나운서가 방송에서 프러포즈를 한다는 건 사실 불가능에 가깝다. 방송은 개인의 것이 아니기 때문이다. 나는 정말 운이 좋은 경우였다. 방송에서의 프러포즈를 비롯해 평소 취미인 영상과 사진을 이용한 이벤트는 주위의 부러움과 동시에 원망의 대상이 되기도 했다. 방송을 하는 주변 동료들은 농담 섞인 투정을 하기도 했다. 앞으로 결혼하는 아나운서들은 대체 어떤 프러포즈를 해야 하는 거냐며. 이벤트를 하더라도 다른 사람도 할 수 있는 선에서 해야 한다며. 그때부터 나는 '아나운서계의 최수종'으로 분류됐다. 이제 나는 이벤트도 주변 동료들의 눈치를 보면서 해야 하는 신세가 됐다.

QR코드로 만나는
'KBS 김한별 아나운서
프러포즈 영상'
(콘서트 필 '장재인' 편)

우리다운
결혼식을
하고 싶었다

'우리다운 결혼식을 하자.'

누군가가 정해놓은 것처럼, 마치 공식처럼 하는 결혼식은 하고 싶지 않았다. 우리만의 결혼식. 우리를 닮은 결혼식을 하고 싶었다. 아직 어떻게 준비할지 정하진 않았지만, 앞으로 우리에게 어떤 난관이 닥칠지 알 수 없었지만, 우리는 마음을 하나로 모았다.

'남들처럼, 남들만큼'은 피하기, 부모님께 도움받지 않기. 작고 소박하게, 욕심부리지 않고 싶었다. 다행히 둘은 뜻이 잘 맞았다. 궁극적으로 추구하는 삶의 방향이 같다. 그게 좋았다.

이 사람이라면 적어도 삶의 방향에 있어서 큰 충돌은 없겠구나. 결혼을 준비하면서 더 확신이 들었다. 결혼을 준비하면서 싸우는 연인이 많다고 하는데, 우리는 반대였다. 준비할수록 더 단단해졌다.

결혼은 단순히 두 사람의 만남이 아니라 가족과 가족의 만남이었기에, 양가 부모님의 뜻도 중요했다. 평소 부모님이 어떤 삶을 살아오셨는지, 자식의 결혼에 대해 어떤 태도를 보이시는지도 중요했다. 결혼 준비로 마찰 한번 없었던 우리지만 걱정이 됐다.

"너희 둘만 좋다면."

우리의 뜻을 존중해 주신 양가 어른들 덕분에 우리는 우리만의 결혼식을 차근차근 준비할 수 있었다. 남들의 시선보다는 자식의 행복을 더 중요하게 생각하시고, 우리 두 사람의 결정과 준비 과정을 묵묵히 지켜봐 주신 부모님들. 감사했다. 결혼을 준비하면서 부모님들의 자식에 대한 사랑을 느낄 수 있었다. 티내지 않고 묵묵히, 당신들의 방식으로 사랑을 표현하셨다.

작은 결혼식. 그 기준을 정하는 게 중요했다. 무조건 가족과 지인들만 초대해서 규모만 축소하는 건 우리가 생각한 작은 결혼식이 아니었다. 자칫 잘못하면 결코 작지 않은 결혼식이 될 수도 있다. 패키지 할인을 받지 못하거나 꼭 초대해야 하는 분들을 초대하지 못해서 추후에 돈이 더 많이 드는, 은근슬쩍 작지 않은 결혼식이 되는 건 원치 않았다. 현실적으로 생각했다. 줄일 수 있는 부분은 줄이고, 뺄 수 있는 부분은 빼는 대신, 그만큼을 우리의 노력으로 채우기로 했다. 우리 식으로, 우리만의 호흡으로, 우리 힘으로 준비하는 결혼식. 우리가 생각한 작은 결혼식은 우리만의 방식으로 간결하게, 필요한 것만 준비하는 결혼식이었다.

날짜는 정해져 있었다. 10월 9일 한글날. 특별하게 기억하고 싶었다. 결혼기념일이 곧 한글날. 금요일이었지만 휴일. 멋지다고 생각했다. 물론 의미도 있고. 결혼식장으로는 국립중앙도서관이나 서울특별시청처럼 대관료가 없거나 저렴한 곳을 알아봤다. 기억에 남을만한 의미 있는 공간이라고 생각했지만, 어려움이 많았다. 원래 결혼식장으로 쓰이는 공간이 아니다 보니 부수적으로 준비해야 할 것도 많았다. 우리가 생각하는 결혼식의 방향과는 조금 거리가 있었다.

몇몇 일반 결혼식장도 알아봤다. 조건은 대관료가 적거나 없을 것. 오후 시간을 생각했다. 결혼식이 많지 않으면서도 휴일이자 금요일 오후라 손님들에게도 부담 없는 시간. 마음에 드는 한 곳을 발견했다. 위치도, 시간도, 조건도 좋았다. 금요일 오후라면 대관료를 받지 않겠다고 했다.

'좋았어!'

이리저리 발품을 팔고, 여기저기 알아봤던 아내 덕분에 웨딩플래너 없이도 우리는 마음에 드는 장소를 찾았다. 게다가 일찌감치 예약하고, 금요일 오후 할인까지 겹쳐 파격적인 식대 할인도 받았다. 운 좋게도 우리는 우리가 예상했던 것보다 더 저렴하게, 아주 작은 결혼식을 준비할 수 있었다. 더없이 좋은, 우리에게 딱 맞는 조건으로.

우리를 닮은
작은
결혼식

우리 결혼식에는 일명 스드메, 스튜디오 촬영과 웨딩드레스, 메이크업 패키지가 없었다. 웨딩플래너가 바로 아내였기 때문이다. 직접 준비하는 결혼식인 만큼 아내는 우리 의견이 많이 들어가길 바랐고, 결혼 계획을 직접 짜기로 했다. 힘들지 않을까 걱정했지만, 아내는 즐거워 보였다. 그리고 나는 옆에서 적극적으로 도왔다. 함께했지만 도왔다는 표현이 적절할 만큼 아내는 주도적이었다. 그리고 행복해 보였다.

예복으로 나는 내 정장을 턱시도로 수선해 입고, 아내는 저렴한 드레스를 빌리기로 했다. 드레스 입은 아내의 모습을 보니

하나보다 행복한 둘

절로 감탄이 새어나왔다. 아내에게 딱 맞는 옷이었다. 화려한 웨딩드레스는 아니었지만 그래서 더 아름다웠다.

메이크업은 평소 친하게 지냈던 권선영 원장님께 도움을 요청했다. 아나운서를 준비할 때부터 늘 믿고 기대해 주신 선생님이었다. "한별이 결혼식 메이크업은 꼭 내가 해 줄게."라며 기쁜 마음으로 함께해 주셨다. 턱시도와 메이크업까지는 준비 완료.

마침 제주도에 출장이 잡혔다. 휴가를 냈다. 아내도 며칠 휴가를 냈다. 함께 제주도를 여행하면서 우리끼리 스냅 사진을 찍었다. 몇 번의 연습을 마치고 여행 마지막 날 우리는 평소 입던 옷을 입고 웨딩촬영을 했다. 날씨도 우리를 도와줬다. 아름다운 제주 풍경을 잠시 빌렸다. 세상에서 가장 아름답고 가장 특별한 우리만의 웨딩 사진이 완성됐다.

이 사진으로 청첩장도 만들었다. 우리 사진을 활용해서 우리가 직접 디자인한 청첩장. 집으로 배송된 청첩장을 접고, 붙이고, 포장했다. 부모님께 드릴 청첩장은 따로 만들었다. 부지런한 아내가 이번에도 손품을 팔았다. 무한 검색 끝에 청첩장 추가 서비스 쿠폰을 알아냈고, 사진이 들어가지 않은 버전의 청첩장을 얻었다. 물론 우리가 직접 접고, 붙이고, 포장했다. 몇 번 해 보니 호흡이 척척 맞았다.

우리가 생각한 작은 결혼식 준비였다. 더 정확히는 우리가 만든 결혼식. 남들이 만들어놓은 패키지가 아닌, 우리에게 꼭 맞는 것들로 채워진 결혼식. 힘들지만 즐거웠다. 무엇보다 '직접'

준비하는 과정이 재미있었다. 그동안 우리를 아껴준 분들을 위한 작은 파티를 연다는 마음으로 준비했다. 나는 영상을 만들기로 했다. 평소에도 영상 촬영과 편집에 관심이 많아서 고프로나 DSLR 카메라로 찍어놓은 영상이 많았지만, 이번에는 손님들에게 보여줄 영상이었다. 공부하고 연습하면서 영상을 만들었다. 하객들께 우리가 만나서 사랑을 키워가는 과정을 보여드리고 싶었다. 그렇게 '우리를 닮은 결혼식'이 다가오고 있었다.

거창하지는 않았다. 하지만 소중한 사람들과 함께할 수 있는 결혼식이었다. 그분들의 표정과 미소를 가까이에서 볼 수 있는 작고 소박한 결혼식장. 그 안에서 함께 웃고 즐기며, 농담도 건네는 행복한 결혼식. 우리가 준비하고, 우리가 만든 결혼식이었다. 주례는 없었다. 서로에게 보내는 편지로 혼인서약을 대신했고, 아버지가 해 주시는 말씀으로 주례사를 대신했다. 다들 입가에 흐뭇한 미소가 번졌다. 축가에서 음이탈이 나와도 유쾌한 웃음으로 승화되는 결혼식. 정겨웠다. 진심으로 행복했다.

서로에게 보내는 축가와 함께 하객들을 위한 노래를 준비했다. 우리 두 사람이 손님들께 전하는 감사의 노래였다. 인디밴드 코튼 팩토리의 '너의 생일'이라는 노래를 우리 결혼식에 맞게 개사했다. 코튼 팩토리 측에 메일을 보냈더니 정말 축하한다며 기꺼이 개사를 허락했고, 직접 MR도 보내줬다. 원래 여자 키의 MR이라 나에게는 다소 낮았지만, 아내가 주인공인 노래였다. 반응도 좋았다. 우리 바로 앞에서 박수치며 축하해 주는 한 분 한 분을 마음에 새겼다. 이렇게 우리만의 노래가 한 곡 생겼다. 우리가 직접 준비한 '우리를 닮은 결혼식'에 대한 우리의 마음을 담은 노래였다.

하루하루 달콤한 사랑으로 나를 채워주던 너
어느새 내 마음 나도 모르게 너를 향해 있는 걸

이렇게 커져 버린 사랑을 너에게 말해 주고 싶어
그대를 향한 마음과 나의 사랑을 떨리는 마음으로 전해

Happy Weddingday for you 나의 반쪽 그대여
Happy Weddingday for you 나와 함께해 주겠니

언제나 네 옆의 여자가 나였으면 좋겠어 (당연하지)
가을 지나 겨울 새봄이 와도 너와 함께 걷고 싶어

내 마음 천년만년 지나도 절대 변하지 않을 거야
세상에서 가장 행복한 여자로 그렇게 만들어 줄게

Happy Weddingday for you 사랑스러운 그대여
Happy Weddingday for you 평생 웃게 해 줄게

너의 행복 기쁨과 미소들은

내가 모두 다 만들어 줄게

가끔 힘든 하루의 끝에 지쳐 있을 때

햇살처럼 따스히 안아줄게

평생 껌딱지처럼 그대 곁에 있을게요

호호할머니 돼도 지금처럼 아껴줄게

Happy Weddingday for you 모두 앞에 약속해요

지금 잡은 이 두 손 평생 놓지 않을게요

오늘 우리 결혼해요

하나보다 행복한 둘

03

봄이가 찾아왔어요

#알콩달콩

#신혼생활

#연남동신혼일기

#로즈데이에찾아온천사

#천사를기다리며

"선물처럼 날아온, 그녀의 예쁜 미소를 꼭 닮은 너"

우리가 드라마를
함께 보는 이유

"오빠, 이번 주 〈응답하라〉 어떻게 할 거야?"

연애 시절부터 드라마를 함께 봤다. 월화 또는 수목 드라마 내용이 궁금해도 꾹 참았다가 주말에 만나 함께 봤다. 누군가 주말에 약속이나 일정이 있어서 함께할 수 없을 때는 기꺼이 기다렸다. 서로의 생각과 감정을 나누는 드라마 감상. 주말에만 만나는 상황에서 우리가 찾은, 우리만의 공감대를 높이는 방법이었다.

원래 난 드라마를 몰아보는 타입이다. 꼬박꼬박 챙겨보기도 쉽지 않고, 매주 기다리는 것도 힘들다. 한껏 이야기에 몰입하다가 절정의 순간 다음 회를 기약하며 드라마가 마무리되면 감정의 흐름이 끊어지는 것 같다. 그래서 종영된 드라마를 철저한 검증을 거쳐 선택하고, 주말에 몰아서 보았다. 온종일 드라마를 틀어놓고 집중해서 보다가, 잠시 다른 일도 하고, 밥도 먹고. 처음부터 끝까지 한 호흡으로. 드라마를 보는 나만의 방식이자 내 나름의 혼자 놀기 노하우였다.

하지만 그녀를 만나고 드라마를 함께 챙겨보기 시작했다. 둘이서 드라마를 보니 또 다른 재미를 알게 됐다. 우리는 일주일 동안 함께 보는 드라마의 내용을 분석하고 예측하면서, 그 드라마와 '함께' 살게 됐다. 드라마 등장인물들과 여름을 나고, 겨울을 보내면서 그들의 이야기에 우리 둘의 이야기를 덧입히다 보면, 드라마 OST만 들어도 함께 이야기 나누었던 시간이 떠올랐다. 그때가, 그때의 우리가. 특별하지 않은, 시시콜콜한 감정이나 별것 아닌 사랑 얘기도 재미있었던 그때가.

"장그래는 대체 왜 그랬대?"

"저게 말이 돼? 우리 회사는 안 그런데…."

"지난번에 만난 친구네 회사는 더 심하대."

내가 모르는 세상의 얘기도 듣고, 내가 모르던 감정들도 알게 됐다. 혼자만 생각하던 것들이 훨씬 넓어지고 깊어졌다. 다양해졌다. 재미있고, 좋았다.

"만약 오빠나 내가 다른 대학교에 갔으면 우리가 만날 수 있었을까?"

"그럼 당연하지. 우리는 무조건 만났을 거야. 언제, 어디에서든. 우리는 비슷한 공간에서 각자의 삶을 살고 있었을 테니까."

같은 학교 선후배 사이였던 우리. 대학 시절에는 각자 다른 사람과 연애를 했지만 결국 이렇게 만나 결혼하는 스토리는 드라마에 자주 등장하는 소재였다. 드라마 〈고백부부〉를 보면서 질투 섞인 학창 시절 이야기도 하고, 드라마 속 남편과 아내의 상황을 이해하며 서로를 더 알아가고 공감하게 된다. 감정의 흐름을 각자의 호흡으로 따라가다 보니 내가 놓친 부분을 그녀가 짚어주기도 했다. 드라마를 통해 시시콜콜 흘러가는 일상 얘기를 누군가와 나누는 게 참 행복했다.

드라마 외에도 〈프로듀스 101〉을 보면서 함께 응원하고, 〈히든싱어〉, 〈복면가왕〉을 보면서 함께 예측했다. 떨어져 있던 우리를 TV가 이어주고 있었다. 나는 아나운서라는 직업 때문에 늘 모니터 하듯 분석하면서 TV를 보던 습관이 있었다. 진행을 분석하고, 구성을 파악하고, 효과나 편집을 생각했다. 대부분의 사람이 TV를 보면서 휴식을 취하지만, 나는 TV를 보면 피곤했다. 그런데 그녀와 함께 TV를 볼 때면 그런 생각이 들지 않았다. 분석이 아닌 공감을 하게 됐다. 그녀 덕분에.

그녀는 눈물이 많았다. 드라마를 볼 때도, 영화를 볼 때도, 심지어 예능 프로그램을 볼 때도 가끔 눈물을 흘렸다. 워낙 눈물이 없던 나로서는 그 모습이 굉장히 어색했었다. 그녀는 TV 속 등장인물을 진심으로 이해하고 공감했다. 무언가를 얻어내려

봄이가 찾아왔어요

고 하지 않고, 그저 저렇게 고개를 끄덕이며 맞장구쳤다.

이 사람과 함께 공감하면서 웃고 울면서, 함께 TV 보고 이야기 나누며, 그렇게 살고 싶다는 생각이 들었다. 비록 주말 연애여도, 주말 부부여도 괜찮다. 마음으로 함께하는 방법을 찾았다. 만약 사랑의 총량이 정해져 있다면, 우리는 주말에만 만날 수 있으니 그 사랑을 아껴 쓰는 것일 뿐. 오히려 더 천천히, 더 오래오래 신혼일 것이다. TV를 보며 눈물 흘리며 족발을 먹는 그녀를 보며 많은 것을 느꼈다. 평범해서 더 특별한 우리 삶을 위해 건배. 나는 그녀의 빈 잔에 소주를 채웠다. 사랑하는 마음을 가득 담아.

연남동
이야기

주입식 암기 교육에 적응하며 학창 시절을 보냈다. 수업 시간에 선생님의 말씀을 하나도 놓치지 않으려 집중했고, 노트 필기를 깔끔하게 잘했으며, 과제를 착실하게 해내는 학생이었다. 전형적인 모범생. 부모님 속을 크게 썩이지 않았다. 주어진 것을 잘 받아들이고 어른들 말씀을 거스르지 않는 학생. 성적은 좋았지만, 스스로 생각하고, 스스로 해결하는 능력이 부족했다. 알아서 시간을 관리하고, 공부해야 하는 대학교에서는 공부하기가 쉽지 않았다. 아무도 수업 일정을 짜주지 않았고, 원하는 공부가 있다면 스스로 계획해서 실행해야 했다. 무에서 유를 창조하는

봄이가 찾아왔어요

창의력과 기존의 정해진 틀을 깨고 스스로 행동하는 능력이 부족했던 내게는 참으로 막막한 날들이었다.

그래서일까? 그때부터 내게는 예술에 대한 막연한 동경이 생겼다. 나에게 예술은 자유를 뜻했고, 넘치는 창의력으로 기존의 틀을 깨는 도구였다. 누군가가 정해놓은 틀을 벗어나 나만의 방식으로 표현하는 예술, 그리고 그 예술이 집약된 공간인 홍대는 일종의 섬이었다. 미지의 섬. 환상의 섬. 학교가 신촌이라 친구들과 술을 마시다 보면 가끔 홍대에 갔다. 음악을 들으러, 춤을 추러, 색다른 문화를 경험하러 홍대로 향할 땐 늘 두근거렸다. 낯선 세상으로 들어가는 느낌. 그때의 홍대는 그랬다. 공기를 마시는 것만으로도 예술가가 되는 듯한 착각이 드는 곳. 어딘가에서 예술가가 내쉬었을 날숨을 내가 들숨으로 공유하는 듯한, 예술과 함께 호흡하는 것 같은 느낌. 나에게 홍대는 그런 곳이었다. 늘 몽롱하면서 비틀거리는, 자유로운 공간. 나는 홍대를 사랑하게 됐다.

시간이 흘러 그때 홍대의 예술과 자유로움은 연남동과 합정, 상수로 확산되었고, 우리는 연남동에 신혼집을 얻었다. 테라스가 넓은 예쁜 집이었다. 지인들을 불러서 고기 파티도 하고, 함께 음악도 들을 수 있는 우리 집이 나는 참 좋았다. 계절의 변화를 눈으로 확인할 수 있고, 날씨의 변화를 하늘을 통해 만끽할 수 있는 참 멋진 곳이었다.

"신혼집이 몇 평이야? 얼마야?"

가끔 SNS에 우리 집에서 찍은 사진이나 동영상을 올리면 꼭 나오는 질문이다. 〈어린 왕자〉에 나오는 어른들처럼 숫자로 판단하기 좋아하는 사람들의 질문. 난 그때마다 어떻게 답해야 할지 고민이 됐다.

"우리 집은 테라스가 크고 예뻐서 가끔 좋아하는 사람들을 초대해서 파티를 하기도 하고, 서울에서는 보기 힘든 밤하늘의 별도 구경하고, 아내와 돗자리를 깔고 누워서 예쁜 저녁노을을 구경하면서 음악도 들을 수 있고, 테이블에 앉아 바람 소리도 듣고, 햇살을 피부로 느낄 수도 있고, 가끔 테라스 물청소를 하다 보면 무지개를 만나는 행운을 만날 수 있는 집이에요."라고 말하고 싶은데, 그건 그 사람들이 원하는 대답이 아니기 때문이다. 우리는 우리만의 방식대로 이 공간을 사랑하기로 했다. 그저 살아가는 것으로.

우리 동네 연남동은 산책하기 좋은 동네였다. 나는 동네를 알고 싶어서 아내와 손을 잡고 자주 산책을 했다. 적당한 바람, 적당한 공기, 적당한 소음. 가다가 힘들면 이 가게 저 가게 기웃기웃. 골목골목을 알아가는 재미가 있었다. 워낙 골목이 많으니 이 길 저 길 아무렇게나 다녀도 새로웠다. 전봇대나 특색 있는 가게를 지표 삼아 마치 보물찾기하듯 지도 없이 동네를 돌아다녔다.

봄이 찾아왔어요

아내가 생일 선물로 스쿠터를 사줬다. 이름은 럭키. 골목이 많은 우리 동네에는 자동차보다 스쿠터가 어울렸다. 차가 불편한 아기자기한 동네. 자동차를 놔두고 스쿠터를 타고 돌아다녔다. 기동성이 좋아지니 더 많은 곳을 다니게 됐다. 주로 내가 운전했지만, 금요일 저녁에 집으로 올 때는 아내가 홍대입구역까지 럭키를 몰고 오기도 했다. 배턴 터치. 가장 편한 차림으로, 남들은 핫하다고 줄 서 있는 가게들을 지나, 우리만 아는 동네 가게들로 향했다. 간판조차 없는 그곳으로. 생활 터전을 공유하는 주민들의 특권이다.

홍대 상권이 개발되면서 옛 홍대의 자유를 닮은 가게들이 연남동, 연희동, 합정동, 상수동, 망원동으로 숨어들기 시작했다. 그 상점들을 따라 사람들이 몰려들었고, 가게들은 동네 깊숙이 더 숨어들어 갔다. 그렇게 간판 없는 가게 덕분에 동네는 더 매력적으로 변한다. 아내와 나는 숨어 있는 가게를 찾는 게 재미있었다. 마치 숨바꼭질하듯, 그들은 숨고 우리는 찾는. 남들이 모두 열광하는 무언가보다 우리가 발견한 매력을 더 좋아하는 우리 부부의 마이너 감성. 사람들에게 충분히 사랑받는 장소, 공간, 대상에 굳이 우리의 사랑을 나누고 싶지 않았다. 그런 의미에서 연남동은 우리에게 참 매력적인 동네였다. 우리만의 사랑을 숨기기에도, 발견하기에도 좋은 공간. 이곳에서 나는 자연스럽게 우리만의 삶의 방식을 만들어가고 있었다. 주입식이 아닌, 그 누구보다 창의적인 우리만의 방법으로. 우리만의 호흡으로,

우리만의 이야기를.

막연히 동경했던 공간은 이제 우리가 우리만의 방식으로 마음껏 사랑할 수 있는 생활 터전이 되었다. 그곳이 바로 내가 생각하는 우리 동네, 연남동이다.

봄이 찾아왔어요

티격태격,
결국은 알콩달콩

나는 순발력과 추진력이 좋다. 아내는 지구력이 뛰어나고 섬세하다. 나는 큰 그림을 잘 그린다. 일종의 스케치다. 내가 큰 그림을 그리면, 아내는 그 그림에 채색을 해서 섬세하고 꼼꼼하게 마무리한다. 일종의 협업이다. 내겐 없는 부분이 아내에겐 있고, 아내가 잘하지 못하는 부분을 나는 꽤 잘한다. 못하는 부분을 타박하지 않고, 부족한 부분을 채워주는 상대를 인정하는 것. 부부가 서로를 이해하는 시작점이다.

연애 시절 우리는 취향이 비슷했다. 좋아하는 야구팀도 같았고, 좋아하는 음악이나 영화, 책 장르도 비슷했다. 약간의 차이는 있었지만, 좋아하는 것을 맞추는 것은 어렵지 않았다. 지금까지 경험해 보지 않은 것들도 호기심이라는 이름으로 기꺼이 수용할 수 있었다. 그것을 사람들은 취향이라 불렀다. 취향을 맞추는 건 생각보다 어렵지 않다.

하지만 부부가 결혼한 뒤에야 알게 되는, 삶을 영위하는 방식의 차이는 완전히 다른 이야기다. 이것은 '좋고 싫고'의 문제가 아니었다. 지금까지 살아온 각자의 가치관이자 신념의 문제다. 너무도 당연하다고 생각했던 것들이 한순간에 무너지기도 했다. 아주 작은 부분까지도. 나는 손톱깎기와 발톱깎기를 따로 썼지만, 아내는 그렇지 않았다. 아내는 수건을 쓰고 물기를 제거한 후 세탁했지만, 나는 그렇지 않았다. '옳고 그름'의 문제가 아니었다. 그저 지금까지 살아온 방식의 차이였다. 그렇게 달리 살아온 두 사람이 만나서 함께 살다 보니 알게 모르게 부딪치는 부분이 생겼다. 싸운 건 아니었다. 하지만 원인을 몰랐기에 답을 찾으려 해도 찾을 수 없었다.

답을 찾는 건 처음부터 불가능했다. 정해진 답이란 없으니까. 하지만 시간이 흐르면서 자연스럽게 알게 됐다. 대화를 나누며, 상대를 이해하게 됐다. 답을 찾기보다 상대를 이해하려 노력했다. '우리는 잘 맞는다'라는 생각을 내려놓고, '다를 수도 있다'고 마음먹으니 내 안에 숨어 있던 상대의 모습이 보이기 시작했다. 우린 서로 이해하며 물들고 있었다. 그렇게 우리 부부는 서로 닮아갔다.

봄이 찾아왔어요

결혼 초기에는 귀가 시간으로 자주 티격태격했다.

"00시에 들어갈게."

일종의 배려였다. 집에서 걱정할 그녀를 위해서 무슨 수를 써서라도 그 시간까지는 마무리하고 일어나겠다는 의지. 하지만 결과는 늘 티격태격. 나는 출발 시각을 말한 거였는데, 아내는 도착 시각으로 알아들었다. 아내는 내가 어떻게 오는지, 중간에 무슨 일이 생기지는 않을지 걱정했다. 기다리는 입장에서는 퇴근해서 집에 오는 시간까지도 귀가의 연장이었으니, 내가 도착할 때까지 아내는 불안했던 거였다.

해결책은 의외로 간단했다. 둘 다 하면 되는 거였다. 나는 귀가 시간을 전할 때 나와 아내의 의견을 둘 다 넣어서 말했다.

"몇 시쯤 출발해서, 어떻게 가고, 몇 시쯤 도착할 것 같아."

예측 가능하게, 안심할 수 있게, 구체적으로. 불안하지 않게 상대를 위해 배려하면 되는 거였다.

나와 아내는 다르다. 과거에도 그랬고, 지금도 그렇고, 앞으로도 그럴 것이다. 취향은 비슷하지만, 성향은 다를 것이다. 그렇기 때문에 서로를 더 이해할 것이다. 서로 달라서 티격태격하다가도, 다르기 때문에 인정하고 이해할 것이다. 그렇게 거리를 좁혀나갈 것이다. 평생토록. 나는 이 과정을 '알콩달콩'이라 표현하고 싶다. 티격태격, 서로의 간극을 좁히며 알콩달콩.

화해하는
방법도
가지가지

"나중에 꼭 잘 싸우는 여자를 만나라."

어머니는 늘 말씀하셨다. 싸우지 않는 건 위험하다. 꼭 싸워
봐라. 싸워봐야 안다. 잘 싸우는 사람을 만나라. 그리고 너도 잘
싸우는 사람이 되어야 한다. 물론 어머니의 이 말씀은 사사건건
시비를 걸고, 싸우라는 의미가 아니다. 문제가 있을 때 싸움을
위한 싸움이 아닌, 해결을 위한 싸움을 잘하는지를 보라는 말씀
이셨다.

우리 부부가 처음부터 잘 싸웠던 것은 아니다. 30년 넘게 다
른 환경에서 다르게 살아왔는데, 서로가 다른 건 너무도 당연

한 일. 모든 것이 완벽히 맞는 것은 애초에 불가능했다. 결혼 전에는 문제가 되지 않았던 부분이 결혼 후에는 문제가 되기도 했다. 그래도 난 믿었다. 서로가 맞춰가는 과정에서의 통증이라고. 티격태격 다투면서도 서로에게 상처가 되는 행동은 하지 않았다. 싸움 자체가 중요하거나 서로에게 상처 주는 것이 목적은 아니었으니까. 어차피 나중에 내가 어루만질 상처, 다툼 이후에도 아프지 않게 현명하게 싸우려고 노력했다.

아내와 다투고 집을 나선 날. 일이 손에 잡히질 않았다. 마음이 무거웠다. 미안하기도 하고, 서운하기도 했다. 보통의 부부가 그렇듯, 싸웠다는 사실보다 이 상황을 어떻게 풀어야 할지 난감했다. 문자로 할까? 전화로? 아니면 만나서? 어떻게 말을 꺼내지? 오히려 화를 돋우는 건 아닐까? 기다려 볼까? 여러 가지 생각에 머릿속이 복잡했다. 더구나 이날은 특별한 날이었다. 페이스북이 '오늘의 추억'으로 친절하게 알려준 이날은 무려 프러포즈 2주년이었다. 2년 전 오늘은 이렇게 특별했는데…. 아쉬움을 안고 라디오 생방송에 들어갔다.

라디오에는 다양한 사연이 접수된다. 때로는 힘들다고 투정 부리는 사람도 있고, 진지하게 고민을 상담하는 사람도 있지만, 대부분의 사연 속 사람들은 행복해 보인다. 그들의 사연을 함께 나누고, 위로하고, 힘낼 수 있는 노래를 선곡해 주는 것이 DJ의 몫. 난 내 역할에 만족하며 하루하루 충실히 살고 있었다. 하지만 그날은 허탈한 웃음이 나왔다.

'내 코가 석 자인데 누가 누굴 위로해?'

노래가 나가는 동안에도 심란한 마음은 잡히지 않았다. 이런 면에서 아나운서라는 직업은 조금 잔인하다. 방송을 위해, 시청자나 청취자를 위해 내 기분 상태와는 상관없이 웃어야 할 때가 있다. 그래도 이건 내 일이고, 나는 프로니까. 마음을 다잡고 사연에 집중해야지.

"0000번 님의 사연입니다."

어? 낯익은 휴대폰 뒷번호. 나도 모르게 두근.

"남편이랑 조금 다퉜어요. 속상하네요. 오늘은 참 특별한 날인데. 2년 전 오늘 남편에게 프러포즈를 받았거든요. 남편도 속상할 텐데 씩씩하게 일하고 있을 거예요. 남편에게 미안하다는 말 대신 전해 주세요. 이장희의 〈나 그대에게 모두 드리리〉 신청합니다."

아내였다. 역시 똑똑한 내 사람. DJ가 읽을 수밖에 없는 생방송 문자로 마음을 전하다니. 게다가 신청한 곡은 프러포즈 방송 때 가수 장재인 씨가 우리에게 직접 불러준 노래였다. 아내의 센스. 아내의 메시지를 빠짐없이 읽고 간단한 코멘트를 했다.

"아마 남편분도 지금쯤 미안해하고 있을 거예요. 부부싸움. 그거 다 칼로 물 베기인 것 아시죠? 이 문자만으로도 0000번 님

봄이가 찾아왔어요

마음은 충분히 전해졌을 거예요. 어제, 오늘 혹시라도 부부끼리, 연인끼리 다투신 모든 분께 띄웁니다. 이장희의 〈나 그대에게 모두 드리리〉."

웃음이 났다. 기분이 좋았다. 아나운서, DJ란 직업의 묘미다. 물론 방송을 이렇게 사적으로 활용하면 안 되지만 아내도 엄연한 청취자, 그것도 열혈 청취자였으니 문제가 되진 않겠지. 아내는 가끔 이렇게 모른 척 사연을 보낸다. 우리만의 신호로. 나는 방송의 흐름에 영향을 주지 않는 선에서, 방송에 적합하거나 도움이 된다고 판단할 때 사연을 소개한다. 물론 선물을 주지는 않는다. (방송을 이용해서 가족에게 선물을 주는 건 나중에 문제가 될 수 있다)

어머니께서 말씀하신 잘 싸우는 것이란, 이 싸움에서 누가 이겼냐는 결과가 아니라 꼬여버린 이 상황을 잘 풀어나가는 것, 잘 화해하는 방법을 의미했다. 싸운 다음에도 우리는 언제 그랬냐는 듯 다시, 함께 살아야 하기에. 서로를 이해하려 노력하고, 상황을 현명하게 풀어나갈 방법을 찾아야 했다. 미숙하지만 우리는 남들이 모르는 우리만의 방법을 찾았다. 앞으로도 더 좋은 방법을 찾으려 고민을 계속할 것이다. 더 잘 싸울 수 있게, 잘 싸워서 잘 풀어내고, 그 전보다 더 잘 살기 위해.

처가에서의 나,
시댁에서의 너

"오빠, 집에 불이 났어."

아내는 울고 있었다. 새벽 4시가 조금 넘은 시간. 아내와 통화를 하고 있는데 밖에서는 벨이 울렸다. 잠귀가 어두운 내가 혹시라도 전화를 못 받을까 봐 아내는 그 새벽에 우리 오피스텔 관리사무소로 전화를 걸었다. 서울 집에 불이 났으니 가서 남편을 좀 깨워달라고. 아내의 전화를 받자마자 아무것도 할 수 없었다. 몸이 떨렸다. 아무것도 할 수 없는 내가, 지금 당장 서울로 달려갈 수 없는 내가 너무 한심했다. 무엇보다 아내에게 너무 미안했다. 떨고 있는 아내에게 갈 수가 없었다. 주말 부부인 상황을 처음으로 원망한 날이었다.

전기장판이 원인이었다. 우리 집 바로 아랫집에서 불이 난 것이다. 아내가 이상한 냄새를 인지하고 일어나 문을 열어 보니 검은 연기가 자욱했다. 밑으로 내려갈 수는 없었다. 귀중품을 챙겨서 테라스로 나갔다. 테라스가 크고 예뻐서 고른 집이었는데, 결국 그 테라스 덕분에 큰 화를 면했다. 검은 연기가 현관문으로 들어와 테라스로 빠져나갔다. 아내는 무사히 구조됐고, 집에도 큰 문제가 생기진 않았다. 연락을 받은 장인어른과 장모님이 곧바로 달려오셨다. 하지만 나는 바로 갈 수 없었다. 무슨 정신으로 방송을 했는지 모르겠다. 그날따라 중요한 방송이 많았다.

정신없이 방송을 마치고 찾아간 곳은 일산. 아내는 처가로 피신해 있었다. 화재로 인한 냄새 때문에 도저히 집에 있을 수 없었다. 우리가 당장 할 수 있는 건 아무것도 없었다. 외관상 피해는 없었지만, 아랫집이 보수가 되고, 화재와 관련된 각종 조치를 취할 때까지 기다려야 했다. 주말 부부라 결혼 후 아내와도 몇 번 만나지 못한 상태에서 나는 처가에 살게 됐다. 장인어른, 장모님과 함께.

워낙 좋은 분들이었지만 처음부터 마냥 편할 수는 없었다. 오래 살았던 분당과 비슷한 듯 다른 일산의 분위기도 조금 생소했다. 그러나 당장에 갈 곳 없는 처지인 걸 어쩌겠나. 강제 처가살이가 시작됐다. 강아지와 고양이가 뛰어놀고, 스킨십과 사랑 표현이 자유로운 곳. 처가의 분위기는 지금까지 내가 살아온 환경과 전혀 달랐다. 솔직히 좋았다. 처가에 지내면서 난 계속 웃고 있었다. 처가에는 우리 집과는 조금 다른 느낌의 따뜻함이 있었다. 아내의 성격, 가치관이 만들어진 과정을 조금이나마 엿볼 수 있었다.

'아내의 넘치는 사랑과 이해심은 장모님을 닮았구나.'

'아내의 현명함과 명석함은 장인어른에게 배운 거구나.'

'아내에게 들었던 저 말은 부모님께 받은 영향이구나.'

웃음이 났다. 결혼을 했지만, 처가에서 아내는 마냥 귀여운 딸이었다. 어쩌면 내가 모르던 모습들. 타임머신을 타고 아내의 어릴 시절로 가본 느낌. 아내에 대한, 처가에 대한 이해가 늘어가면서 나도 모르게 그 분위기에 녹아들었다. 장인어른과 맥주도 한잔하게 됐고, 강아지 하루, 뭉치와도 친해졌으며, 장모님의 소녀 같은 모습도 발견하게 되었다. 잠시 우리 집을 떠나 처가에서 지낸 시간은 어쩌면 나에게 선물이었다. 장인어른, 장모님과 가까워질 수 있는 지름길 같은 것이었다. 시간과 노력을 많이 아낄 수 있었다. 그것도 자연스럽게. 시간이 흘러 처가 옆으로 이사를 하고, 육아휴직을 하며 거의 매일 장인어른, 장모님을 뵙게 되면서도 어색하지 않았던 건 이때의 시간 덕분이었을지도 모른다.

"오빠, 나 다음 주부터 용인으로 출근해야 해."

아내의 출근지가 역삼동에서 용인으로 바뀌었다. 홍대에서

봄이 찾아왔어요

용인이라. 멀어도 너무 멀었다. 물론 역삼동도 가까운 거리는 아니었다. 그러나 용인은 말도 안 되는 거리였다. 편도로만 2시간 30분이 넘는 거리. 통근은 무리였다. 아내는 운전도 익숙하지 않았던 상황. 이를 어쩌지?

"오빠, 나 어머님, 아버님이랑 같이 살래."

아내는 분당에 있는 우리 집으로 들어갔다. 그렇게 아무렇지 않게 시댁으로 들어가겠다고 먼저 얘기하는 아내도 대단했지만, 그런 며느리를 위해 쿨하게 방 하나를 정리하시는 우리 부모님도 대단했다. 나와 동생의 독립 이후, 두 분만의 공간에 오랜만에 새로운 식구가 생겼다. 주변에서는 모두 '아내가 정말 대단하다'며 놀랐다. 요즘 시대에 스스로 시댁에서의 삶을 선택하다니. 붙어 있는 시간이 늘면 갈등이 생길 거라며 사람들은 걱정했다.

하지만 나는 걱정하지 않았다. 내가 아는 아내와 부모님이라면 너무나 잘 맞을 거라고 생각했기 때문이다. 예상대로 아내와 부모님은 너무도 잘 적응했다. 세상에서 나를 가장 잘 아는 두 사람. 아내와 어머니는 잘 통했다. 때로는 살갑게, 때로는 쿨하게. 내가 아는 둘은 닮았다. 적어도 나와 관련해서는 둘만이 공유할 수 있는 내용이 있었다. 세상에서 오직 둘만이 말할 수 있는. 어쩌면 내가 모르는 것까지도. 세상에서 가장 순한 우리 아버지는 사람 좋은 웃음으로 아내를 보이지 않게 챙겨주고 계시겠지.

라테파파

안심이 됐다. 내가 그랬던 것처럼 아내 역시 시댁에서의 시간을 통해 부모님과 급속도로 가까워지고 있었다. 훗날 아내가 직장을 옮겨 더는 분당에서 출근하지 않아도 됐을 때, 아버지는 많이 서운했노라 고백했다. 가끔 아내를 용인 연구소까지 차로 데려다주며 도란도란 나눴던 그 대화들이 참 즐거웠다고. 아직도 아내는 아버지를 만나면 먼저 손을 잡고 걷는다. 정말 딸처럼.

아내는 평일에는 분당 우리 집에서 통근을 하고, 주말에는 나와 함께 홍대 집에서 생활했다. 홍대에 있는 우리 집은 그야말로 주말에만 보내는 별장 같은 곳이 됐다. 각자 전쟁 같은 주중 시간을 보내고, 달콤한 휴가처럼 여행 오는 신혼집. 생각해보면 그 신혼집에서의 여러 사건들 덕분에 우리는 서로의 부모님들과 더 가까워졌다. 남들은 생각만 해도 숨 막힌다는 그 공간에서 우리는 누구보다 빨리 적응했고, 그곳에서의 생활이 자연스럽고 편안했다. 그런 시간 덕분에 우리는 마음으로 안정을 찾아가고 있었다. 그리고 그 안정의 시간 덕분에, 우리에게 소중한 선물이 찾아올 준비를 하고 있었다. 그토록 아름답던 '봄'에 말이다.

봄이가 찾아왔어요

봄이를
기다리며

    천사가 찾아왔다. 봄 향기 가득한 어느 날 우리에게 찾아온 천사. 세상에서 가장 가슴 뛰는, 확신처럼 선명했던 두 줄. 그날은 일명 로즈 데이였다. 특별한 기념일을 챙기기보다 소소한 일상에 충실하자 다짐했던 우리였지만 그날만은 기념하고 싶었다. 아내와 식사를 하면서 화장실에 가는 척 꽃집에 들러 장미를 선물했다. 예쁜 장미처럼 향기롭고 화사하게, 찬란하게 아름다운 봄처럼 찾아온 천사. 우리는 태명을 '봄이'로 지었다.

    봄이가 온 후 우리의 생활이 많이 달라졌다. 둘만의 공간에 봄이를 위한 물건들이 늘어갔다. 아내는 검색의 여왕이라는 별명답게 차곡차곡, 그리고 알차게 봄이를 맞이하기 위한 준비를 했다. 나는 봄이를 위해 동화책을 읽었다. 아내의 배에 손을 얹고, 낮은 목소리로, 감정을 넣어 또박또박. 아나운서 아빠로서 최선을 다해 읽었다. 매일 방송을 하면서 누군가에게 이야기를 했지만, 내 아이에게 이야기할 때는 느낌이 달랐다. 아이에게 내 목소리가 전해지길 기도하면서 정성을 다해 읽었다. 혼신의 힘을 다해. 이런 내 마음을 알아준 걸까? 봄이는 내가 동화를 읽어 주면 반응을 보였다. 신비로웠다. 자연스럽게 봄이를 상상하는 시간이 점점 늘어갔고, 우리의 대화 역시 봄이를 위한 것들로 바뀌었다.

봄이를 만나기 전 일부러 사진을 많이 찍으려고 했다. 아내는 임신으로 인한 호르몬 변화와 신체 변화에 힘들어했지만 봄이를 품고 있는, 아내의 모습은 세상 누구보다 아름다웠다. 그 순간을 담고 싶었다. 행복한 우리의 모습을. 카메라를 사고, 그때부터 사진 공부를 본격적으로 시작했다. 사진 속의 우리는 때로 어색했지만, 일부러 예쁜 게스트하우스를 찾아가서 셀프 사진을 찍기도 하고, 스튜디오에서 세상에 하나뿐인 폴라로이드 흑백 사진을 찍기도 했다. 매년 같은 날 봄이와 함께 성장하는 모습을 담기로 약속하면서. 봄이가 오는 설렘을 간직하기 위한 시간이었다. 봄이는 기억할 수 없겠지만 엄마 아빠가 이렇게 너를 기다리고 있었다고 얘기해 주고 싶었다. 그 순간의 행복을 담고 싶었다. 보다 자연스럽고 편안한 모습을 담으려고 했다. 우리가 봄이를 기

봄이가 찾아왔어요

다리는 그 모습 그대로의 설렘과 행복이 담기도록.

사실 아내가 임신하기 전에는 임산부에 대해 잘 몰랐다. 대중교통을 이용하는 임산부의 고충을 몰랐고, 운전하는 임산부의 어려움을 몰랐다. 무거워진 몸 때문에 차에서 내리기조차 힘들다는 사실을 전혀 몰랐다. 내 주변에 늘 존재했지만, 미처 알아채지 못한 것들이 무수히 많았다. 그러다 막상 내 일이 되니 비로소 보이기 시작했다. 주변에 아이가 이렇게 많은지, 주변에 이렇게 다양한 유모차가 있는지, 주변에 저렇게 많은 아기띠가 존재하는지, 이제야 보이기 시작했다. 원래 있던 것들을 발견하면서 비로소 육아에 눈뜨기 시작했다. 세상을 바라보는 눈이 달라지고 있었다. 나도 아내도 함께 그 변화를 경험하고 있었다.

가장 큰 변화는 아내의 몸에서 나타났다. 다행히 태어나기 전부터 효녀였던 봄이는 엄마를 많이 힘들게 하지는 않았다. 입덧도 심하지 않았고 건강하게 잘 자랐다. 물론 그렇다 해도 아내는 몸의 변화를 힘들어했고, 때로는 걱정했다. 답답했다. 내가 대신할 수 없는 부분들. 평일에는 타 지역에서 방송을 하던 나는 늘 죄인이었다. 아내는 괜찮다고 했지만, 내 마음이 편하지 않았다. 설렘과 두려움이 공존하던 그때, 사실 참 많이 힘들었다. 아내와 나는 최대한 이 상황을 즐기려고 했지만, 말처럼 쉽지 않았다.

봄이를 만날 날이 다가오고 있었다. 아내를 위해, 그리고 봄이를 위해 처가 옆으로 이사를 결정했다. 이사를 마치고 봄이를 기다리면서도 여러 가지 생각이 들었다. 좋으면서도 두려운, 걱정되면서도 기다려지는 느낌. 그렇게 우리는 기분 좋은 설렘으로 부모가 될 준비를 하고 있었다. 그리고 그 준비를 하던 어느 날의 짧은 일기.

"우리 잘할 수 있겠지?"
아내가 물었다.
봄이를 만날 날이 다가오면서 처음 겪게 될
엄마라는 역할에 대한 불안함일 것이다.

결혼에 대한 생각이 전혀 없었던 내가 결혼을 결심한 건
전적으로 아내 덕분이었음을 고백한다.
아내와 함께이기에, 부부로 함께 만들어갈 행복이
그 당시 내 눈엔 그려졌다.
아내는 몰랐겠지만.

난 가끔 이상한 확신 같은 게 들 때가 있다.
너무 당연한 듯한 확신이어서
막상 결과가 나왔을 때 놀라지도 않는다.
나에게는 이미 확신과 만족의 시간이 지나간 후이기에.

지금도 확신한다.

봄이가 찾아왔어요

누구도 아닌 우리가 함께라면

그리고 벌써

아빠를 닮아 엄마 뱃속에서 활발하게 움직이는,

엄마를 닮아 좋은 음악에 감성적으로 반응하는,

봄이와 함께라면

정말 행복하리라는 것을.

난 벌써 확신한다.

난 아무 말 없이 웃으며 아내를 꼭 안아주었다.

라테파파

괜찮지 않아도
괜찮아

공원 벤치에 앉아 책을 보고 있었다. 공원을 지나는 엄마와 남매가 보였다. 여동생이 생떼를 부리고 있었다. 오빠 손에 들려 있는 아이스크림이 먹고 싶은 것이다. 누가 봐도 아껴 먹은 티가 나는 아이스크림. 조심스럽게 먹은 것으로 봐서 오빠가 좋아하는 것임이 틀림없다. 여동생의 손에는 빈 아이스크림 막대가 들려 있다.

"넌 벌써 다 먹었잖아."

오빠가 말했지만, 여동생은 막무가내였다. 난감한 표정의 엄마가 어렵게 입을 열었다.

봄이가 찾아왔어요

"OO가 양보하자. 오빠잖아."

오빠의 표정이 궁금했다. 금방이라도 울음을 터뜨릴 것만 같은 표정. 충분히 어린 나이였다. 어리광을 부려도 되는 나이. 여동생처럼 생떼를 부려도 이상하지 않은, 충분히 어린 아이였다. 오빠라는 책임(?)과 본능 사이에서 아이는 갈등하고 있었다. 한참을 고민하던 아이에게 엄마가 말했다.

"오빠는 원래 양보하는 거야."

아이는 체념한 듯 자신이 조심조심 아껴 먹던 아이스크림을 동생에서 건넸다.

"OO는 착한 아이니까. 괜찮지?"

오빠는 마지못해 고개를 끄덕였지만, 눈은 계속 아이스크림에 가 있었다.

나는 첫째였다. 주변에 형이나 누나가 없는 첫째. 모든 것이 처음이었다. 많은 사랑과 많은 기대를 동시에 받았다. 동생들이 보고 배우니까, 넘어져도 울면 안 됐다. 힘들어도 힘들다고 하면 안 됐다.

'오빠니까. 형이니까.'

나는 어느 순간 원래 그런 아이가 되어 있었다. '늘 괜찮은 아이', '알아서 잘하는 아이'가 되어 있었다. 부모님 기대를 저버린 적 없고, 크게 말썽을 부리지 않았던 착한 아이. 난 그게 괜찮은 거라고 생각했다. 당연하다고 생각했고, 나에 대한 부모님의 믿음을 저버리고 싶지 않았다. 항상 중립을 지키려고 노력했다. 어느 쪽도 포기하고 싶지 않았던 것 같다. 그래서 난 늘 두루뭉술하게 표현했다.

"한별이는 속마음을 더 보여줬으면 좋겠어."

약한 모습을 보이고 싶지 않아서, 늘 괜찮은 사람이고 싶어서 가까운 사람에게도 속마음을 잘 보이지 않았던 탓이었다. 실제로도 나는 늘 괜찮았다. 크게 슬픈 일도, 크게 힘든 일도 없었다. 언제나 좋게좋게. 긍정에 대한 강박. 늘 밝아야 했다. 아무도 시키지 않았지만 내가 나를 그렇게 만들었다. 난 늘 괜찮은 사람이어야 했다.

가끔 아내와의 말다툼이 있었다. 누구에게도 화를 잘 내지 않는 나였다. 나도 나를 보며 놀랐다. 내가 화를 냈다. 나도 모르게 화를 냈다. 평소에 화를 내지 않던 나로서는 어쩌면 유일하게 화를 내는 대상이 바로 아내였다. 다른 사람에게 나는 화를 낼 줄 몰랐던 거다. 화를 낼 생각을 해 본 적도, 화내는 방법을 고민해 본 적도 없었다. 괜찮은 사람이어야 했으니까. 그런 나의 화를 아내는 받아줬다. 내 화에 대해 들어주고 나를, 그리고 내 감정을 따뜻하게 안아줬다. 다른 사람에게는 절대 화를 내지 못했던 내가 비로소 아내에게는 화를 낼 수 있었다.

"오빠, 안 괜찮아도 돼."

아내는 솔직하게 말해달라고 했다. 싫으면 싫다고, 좋으면 좋다고, 그리고 아프면 아프다고. 그랬다. 나는 아팠다. 마음이 많이 아팠다. 언제부터인지 모르겠지만 나는 아팠다. 타지 생활의 외로움. 하하호호. 나만 빼고 즐거운 것 같은 서울에 대한 그리움. 주말마다 서울을 향했지만, 주말이 끝나고 돌아오는 길은 늘 힘들고 허전했다. 가끔 숨쉬기 힘들 때도 있었다. 주말이 끝나가는 밤에는 잠이 오지 않았다. 나는 아팠다. 아팠지만 표현하는 법을 몰랐다. 표현할 생각도 못했다. 감정을 표현하는 것에 익숙하지 않았다. 표현하면 안 되는 줄 알았다. 나는 늘 괜찮아야 한다고 생각했다. 그런 내가 화를 내고 있었다. 힘들다고 표현하고 있었다. 아프다고 말하고 있었다. 난생처음 '괜찮지 않다'고 누군가에게 고백하고 있었다.

고백보다 중요한 것은 내가 내 아픔을 인식하기 시작했다는 점이었다. 들여다보기 시작했다. 그래야 표현도 가능한 거니까. 아내는 그게 당연한 거라고 말했다. 나는 표현에 미숙했다. 내 감정이 뭔지 잘 몰랐다. 뭘 원하는지도 몰랐다. 아내를 통해 비로소 알게 됐다. 감기에 걸리면 병원에 가고, 약을 먹는 것처럼, 감정이 아플 때는 진찰을 받으면 되는 거였다. 마주하지 않으니, 표현하지 않으니 생기는 아픔이었다.

'안 괜찮아도 되는 거구나.'

어느 날인가 어머니와 통화를 하다가 엉엉 울었다. 나도 모르게 눈물이 났다. 어릴 적의 내가 너무 가여워서. 어머니와 통화를 하다가 어릴 적 내가 생각났고, 괜찮지 않은데 괜찮다고 스스로를 다독이던 어린 날의 내가 너무 가여웠다. 나는 화를 내고 있었다. 나 스스로에게 화를 내는 중이었다. 나를 위해 우는 거였다. 어린 시절, 아픈 감정을 표현하지 않고 참고만 있던 내가 불쌍하고 가여워서. 봄이를 만나기 전, 비로소 난 내 감정을 마주하는 연습을 하고 있었다. 아빠가 되기 전, 비로소 난 어른이 될 준비를 하고 있었다.

봄이가 찾아왔어요

우리,
그냥 있자

비어 있는 느낌을 견디지 못하는 스타일이다. 바쁘지 않으면 스스로 열심히 살지 않았다고 생각하는. 때로는 죄스럽게까지 생각하는 스타일. 남에게는 관대하지만 나에게는 엄격한, 조금은 피곤한 성향. 물론 스스로에게만 해당하는 사항이다. 휴식 시간이면 몸은 쉰다. 누가 봐도 쉬고 있지만, 머릿속 생각은 멈추지 않는다.

'이다음에는 뭘 하지?'

눈으로 뭐 읽을 게 없는지 찾는다. 아, 맞다. 나 지금 쉬는 거였지? 그럼 조금 가벼운 내용을 읽는다. 쉬는 것이 오히려 불편하다. 할 게 없으면 플래너를 펼친다. 다음 일정을 계획한다. 늘

빽빽한 플래너. 만족감이 느껴진다. 플래너에 더 많은 내용을 담고 싶어서 바인더를 직접 제작했다. 나에게 꼭 맞는 수첩과 플래너를 채운다. 요즘은 세상이 좋아져서, 내가 종이에 쓰는 내용이 바로바로 디지털로 변환해 스마트폰 애플리케이션과 에버노트에 동기화된다. 플래너가 없으면 스마트폰을 열면 된다. 아날로그로 적은 내용까지 디지털로 변환돼 있다. 늘 계획과 다짐으로 하루하루가 가득하다. 빈 공간이 생기면 불편하다. 반면 가득 차면 안심이 된다. 문제가 생기면 바로 원인을 찾을 수 있을 것만 같다. 언제든지 돌아가서 원인을 해결하고, 상황을 원래대로 돌려놓을 수 있다고 믿었다. 열심히 살고 있다는 자기 위안이자 위로였는지도 모른다.

여행을 갔을 때도 마찬가지다. 아니, 여행지에서는 평소보다 더 바쁘게 움직였다. 계획하고, 실행하고, 찾아가고, 보고, 경험했다. 여행을 많이 다녀보지 못했던 탓에 그 시간이 소중했다. 더 솔직히 표현하면 아까웠다.

'내 평생 여기를 다시 올 수 있을까?'

쉬면서도 다음을 생각했다. 그러다 보니 다니면서도 머릿속이 복잡했다. 추억으로 남겨야 했다. 추억을 넘어 나에게 도움될 만한 경험으로 만들어야 했다.

'다녀와서 이 내용을 어떻게 정리할까? 이 영상은 어디에 넣지? 이 사진은 이렇게 활용하면 좋겠네.'

몸은 분주히 움직이고, 손은 이리저리 바쁘고, 머릿속은 더

봄이가 찾아왔어요

복잡하다. 지끈지끈. 여행과 동시에 정리가 시작된다. 나의 여행은 늘 그렇게 가득 차 있었다. 여행도 열심히 했다는 자부심으로 여행을 다녀오면 뿌듯했다. 남들에게 보여줄 만한 결과물이 잔뜩 있으니. 사람들에게 보여주고 칭찬을 받으면 흐뭇했다.

"어쩜 그렇게 부지런하세요?"

부러움 반 감탄 반 섞인 한결같은 반응들. 보상이라 생각했다. 쉬면서도 바쁠 수 있는 나 자신이 훌륭해 보였다. 그렇게 생각했다. 나에게 여행은 일상과 다르지 않았다. 그저 조금 특별한 장소에서 보내는 일상, 무언가를 남길 수 있는.

그때 여행은 아파서 간 것이었다. 나는 지쳐 있었고, 아내는 임신 중이었다. 일정은 없었다. 나는 불안했다. 몸도 마음도 지쳐서 찾은 제주도. 그럼에도 난 불안했다. 뭔가를 해야만 하는데…. 불안한 마음에 물었다.

"뭐 해야 하지 않아?"

"일정? 없어."

밥 먹고, 걷다가, 들어와서 누워 있는 일정. 그게 다였다. 고요함. 천장만 바라보는 시간. 음악도 틀지 않고 가만히 누워 있었다. 들리는 건 파도 소리. 째깍째깍 초침 소리뿐. 바다가 보이는 창에서 수평선 근처, 아주 천천히 지나가는 통통배를 바라봤다. 왼쪽에서 오른쪽. 내가 움직이지 않고 볼 수 있는 가장 넓은 시야에서 들어와 반대편으로 사라지는 시간. 내 눈에 들어온, 바닷물에 햇살이 부서지는 잔물결. 윤슬. 다음에 아이를 낳으면 윤슬이라는 이름도 좋겠네. 스르륵. 아내가 깼다. 물을 마시고, 자세를 바꾸지 않은 상태에서 수다.

"뭐 먹을까?"

메뉴를 미처 정하지 못한 상태에서 아내는 또 잠이 들었다. 임신 후 아내는 잠이 늘었다. 뱃속의 봄이와 대화 중인가 보다. 꿈속에서 나만 빼고 자기들만 재미있게 노는 것 같아서 샘이 났다. 엄마가 이렇게 아름다운 풍경을 봤으니, 엄마 꿈속에서 봄이는 엄마랑 재미있게 놀 것만 같았다. 아무것도 하지 않으니 이런저런 생각이 이어진다. 조금은 엉뚱하고 행복한 생각.

바리바리 짐을 싸갔지만, 책도 있고 플래너도 있었지만 꺼내지 않았다. 채워야 하는 시간을 그냥 비웠다. 버렸다. 과감하게 버렸다. 조금은 후련했다. 그래도 된다. 그냥. 가만히 있어도 된다. 난 자꾸만 원인을 찾으려 하고 있었다. 문제의 원인을 찾아야 근본적인 해결이 가능하고, 그래야 지금의 내 힘듦이 사라질 거라 믿었다. 찾고, 또 찾는데 원인은 찾을 수 없었다. 인생은 수학 문제가 아니었다. 한 가지 원인으로 한 가지 결과가 명확히 도출되는 경우도 없다. 책임질 사람이 필요했다. 나는 이렇게 힘든데, 힘들게 만든 사람이 있어야 했다. 그 사람에게 책임을 떠넘기고, 나는 편해지고 싶었나 보다. 정작 내가 힘든 원인은 그 사람 때문이 아닌데. 그래. 아는데, 다 아는데…, 놓기가 쉽지 않았다. 그러면 원인이 없는 거니까. 힘듦의 원인을 못 찾으면

봄이가 찾아왔어요

계속 힘들 것만 같았다.

"오빠, 그냥 있자. 나 힘들어."

아내는 진심으로 힘들어했다. 그냥 가만히 있었다. 조금만 움직여도 힘들어하는 아내의 호흡에 맞추다 보니 나도 그냥 있었다. 그렇게 그냥 놓기로 했다. 지금까지 이렇게 온 것도 내 계획대로 완벽하게 맞아떨어진 건 아니다. 변수와 예외, 의외의 상황 덕분에 결국 여기에 왔다. 이렇게 아내, 그리고 봄이와 행복하게. 그래. 우리 이렇게 그냥 있자. 그냥 잊자. 잊어버리자. 그냥. 그렇게 잊자. 이 순간의 행복만 빼고. 우리, 그냥 있자.

라테파파

정성껏 내린
커피 한 잔의
위로

힘든 겨울이었다. 남들은 부러워하지만, 당사자는 너무나 힘든 주말 부부. 연고 없는 곳에서 남들과 다른 근무 패턴. 새벽에 출근해 점심때 퇴근하는 일상, 회식 자리에서도 다음 날 새벽 방송을 위해 초저녁에 일어나야 하는 날들. 나는 점점 지쳐가고 있었다. 누구보다 바쁘게 살았다. 궂은일 마다하지 않고 열심히 했지만, 그만큼의 정당한 평가나 대우를 받는지는 의문이었다. 잠시 쉬어야 했다. 내가 가진 얼마 되지 않는 것들이 빠른 속도로 소모되고 있었다. 채워야 했다. 고갈된 채 방송을 이어가는 건 나에게도, 내가 사랑하는 방송에도, 나를 있게 하는 시청자에게도 도움이 되지 않는 일이었다.

때마침 우리 가족에 큰 변화가 있었다. 봄이. 봄이는 한 템포 쉬어가라 말하는 것처럼 지친 내게 다가왔다. 이대로는 안 된다. 변화가 필요했다. 봄이와 아내, 우리가 더 행복하게 살기 위해 육아휴직을 결심했다. 세상에 처음 나왔을 때부터 아이가 겪는 첫 순간들을 함께하고 싶었다. 작은 변화, 성장, 그 행동들과 감정들을 눈에, 가슴에 담고 싶었다. 아내에게 어렵게 육아휴직 얘기 꺼냈고, 아내는 대답 대신 나를 꼭 안아주었다.

"법적으로 정해진 거니까 말릴 수는 없지. 하긴 해야지. 근데 진짜 하는 거야?"

육아휴직을 말했을 때 남들이 안 하는 것을 한다는 반응이 있었다. '재는 왜?'라는 시선도 있었다. 아직 남성 육아휴직이 익숙하지 않아서 어색할 뿐, 시간이 지나면 자연스러워질 일들이다. 남성 육아휴직이 자리를 잡으려면 누군가 시작해야 하는 일이었다. 그 시작이 나였을 뿐이다. 대부분 응원과 지지를 보냈지만, 몇몇 따가운 눈초리는 견디기 힘들었다. 그래도 '가족의 행복'이라는 하나의 목적만 생각하며 버티던 어느 날, 의문이 들었다.

'나, 잘하고 있는 걸까?'

순간 좋은 향기가 코끝을 스쳤다. 주위를 둘러보니 커피를 볶는 곳이 보였다. 한참을 바라봤다. '차르르르' 소리와 함께 균

일하게 볶아지는 커피콩들. 점점 갈색으로 옷을 갈아입는 커피콩들을 보면서 문득 떠오르는 생각.

'행복하다.'

새벽 출근이라 남들과 다른 생활 패턴에 힘든 점도 많았지만, 낮에는 제법 여유가 있었다. 커피콩 볶는 모습을 보기 위해 30분을 허비할 수 있는 37세의 오늘. 행복하다는 생각이 들었다. 무턱대고 2층으로 올라갔다.

"혹시 커피 배울 수 있나요?"

긴 수염에 조금은 무섭게 생긴, 그러나 산타 모자를 귀엽게 눌러쓴 사부님.

'괜히 물어봤나?'

태연한 척했지만 흐르는 정적에 발끝은 출입문을 향하고 있었다. 여차하면 나간다. 하지만 사부님은 사람 좋은 웃음을 지으며 말했다.

"있고말고."

시시콜콜 얘기하지 않아도 다 알고 있다는 표정, '지금 네게 필요한 건 바로 이거야'라는 표정으로 내리는 커피 한 잔. 정성스럽게 거름종이를 적시고, 커피 마실 잔을 미리 데워둔다. 원두의 성격에 맞춰 그라인더로 갈고, 갈린 원두의 향을 맡는다. 막 갈린 원두에서 올라오는 가장 신선한 향. 살짝 식은 물을 부어서 뜸을 들인다. 마치 빵을 만들 때 효모가 부풀어 오르는 것처럼 커피 거품이 부풀어 오른다. 커피도 숨을 쉰다. 거품이 사그

봄이가 찾아왔어요

라지면서 생두의 가스와 나쁜 향이 날아간다. 오늘은 예가체프. 물 온도를 94도에 맞춘다.

"50원, 100원, 500원."

동전 크기에 맞게 일정한 간격의 원을 그리는 하리오 방식. 1차 추출. 팔로만 돌리는 것이 아니라, 온몸의 무게 중심을 이용해야 한다. 몸의 무게 중심은 앞을 향해야 안정적이다. 물양을 조금 늘려서 2차 추출, 마지막 3차 추출. 정성스러운 과정을 거치면서 커피 한 잔이 완성된다. 커피를 내리는 동안 얘기를 나눈다. 듣고, 돌리고, 대답하고, 내리고. 곁에 있는 사람과 교감하는 시간. 커피는 향기로운 도구일 뿐이다.

향, 맛, 신맛, 목 넘김. 혀끝에 남은 약간의 단맛. 그 뒤에 밀려오는 깊은 잔향. 모든 조건을 갖추고 제대로 내려진 커피는 이렇게 여러 가지를 품는다. 같은 이름의 커피도 그 향과 맛은 늘 다르다. 생두의 조건에 따라 볶는 것도 다르고, 커피콩의 상태, 배전 정도에 따라 내리는 방법도 조건도 다르다. 그러면 달라진 조건에 맞춰서 기다리면 된다. 누구도 이전에 마신 커피와 다르다고 따지는 사람은 없다. 정해진 답은 없으니까.

커피를 배우면서 아내가 봄이를 낳고 마시는 첫 번째 커피를 직접 내려주고 싶다는 생각이 들었다. 아내는 커피를 좋아했지만 봄이가 생긴 후 커피를 끊었다. 그 좋아하던 커피를 끊었다. 엄마의 힘이다. 아내를 생각하며, 곧 만날 봄이를 떠올리며 커피를 내렸다. 아주 정성껏. 돌이켜 보면 그때 난 커피를 배우면서 따뜻함을 많이 배웠다. 정성을 배웠다. 누군가에게 커피 한 잔을 내려주려면 많은 교감과 대화가 필요하다는 것을 배웠다. 커피를 마시는 것보다 커피가 만들어지는 과정에서 생각지 못한 많은 것을 얻었다.

'아내가 이 커피를 마시면 어떤 생각이 들까?'

'내가 좋아하는 이 향을 아내가 좋아할까?'

'커피를 내리는 나만큼이나 행복할까?'

선물을 받는 사람보다 준비하는 사람이 더 행복하다고 했던가? 커피를 마실 아내를 상상하는 것만으로도 행복해지는 시간이었다.

봄이가 찾아왔어요

딸바보
엄마의
편지

내 아가,

오늘도 많이 웃고 힘차게 자라난 너는, 지금 곤히 잠들어 있어. 눈, 코, 입... 하나하나 엄마의 눈에는 사랑스럽기만 한 너란다.

너에게 어떤 이야기를 해 주면 좋을까. 엄마에게 언제나 가장 중요한 건 '사랑'이었어. 외할아버지와 외할머니를 너무나 사랑했고, 너의 아빠를 온 마음 다해 사랑했단다. 그런데 너를 만나고는 지금까지 엄마가 알았던 것보다 훨씬 더 큰 사랑을 매일 깨달아. 하루에도 수십 번, 너와 눈을 마주할 때마다 입 맞추고 사랑한다 속삭여도 다 말하지 못한 사랑이 엄마 마음에서 퐁퐁 샘솟는 느낌이라면 조금은 알 수 있겠니.

요즘의 너는 엄마에게 꼭 붙어 지내. 일명 '엄마 껌딱지'라고 불리우지. 종일 한 몸처럼 붙어 있는데도 엄마가 잠시 눈에 보이지 않으면 금세 눈에 눈물이 맺히고 말아.
그렇지만 윤슬아, 조금 더 시간이 지나면, 너는 더 넓은 세상의 많은 것들을 궁금해 할 거야. 그때가 되면 엄마는 아마, 너와 내가 오롯이 함께 한 지금 이 시간이 그리워지겠지만, 그래도 네가 어떤 아이로 자랄지 벌써 기대된단다.

엄마는 네가 있는 그대로의 너를 좋아하고 아껴주는 사람이면 좋겠어. 남들의 눈이나 말은 너무 신경 쓰지 않아도 괜찮아. 대신 네 마음에 더 귀를 기울이렴. 솔직하게, 진심을 다해, 네가 좋아하는 사람들에게 마음을 표현하고, 네가 하고픈 일을 하렴. 널 웃게 하는 크고 작은 행복을 놓치지 않고 느낄 수 있기를, 또 감사할 줄 아는 사람이기를 바라.

그리고 언제라도 뒤돌아보면 거기엔 엄마가 있을 거야. 기쁜 일을 자랑하고플 때, 속상한 일이 있어 위로받고 싶을 때, 그냥 아무 이유 없이 엄마의 포근한 품이 필요할 때. 언제든 엄마가 너를 꼬옥 안아줄게. 기억하렴, 사랑하는 내 딸. 엄마는 늘 너를 응원하고, 지지해. 언제나 네 편일 거야.

2017년 겨울의 어느 날, 너를 너무나 사랑하는 엄마

그리고, 고마운 그대에게...

처음으로 육아휴직에 대한 이야기를 꺼냈던 날 기억해요? 아빠의 육아휴직이라는 게 조금 생소하고 막연하게 느껴지기도 했던 나는 '아이가 아빠와의 시간을 기억할 때 쓰는 게 낫지 않을까' 말했죠. 조금은 겁이 났던 것 같아요. 윤슬이까지 이제는 우리 셋이 되었는데 안정적인 생활을 유지해갈 수 있을까 하는 마음으로. 하지만 변화를 두려워하는 내게 여보는 '가장 중요한 것이 무엇인지' 잊지 않도록 해 주는 사람이에요. 우리의 대화 끝에 내가 다시금 깨달았던 건 '언제 어디에서 어떤 모습으로든 우리가 함께 행복한 게 우선이구나'라는 거였어요. 그렇게 선물처럼 시작되었던 우리의 시간. 꼭꼭 기억하고 담으려 애썼는데도 지금 돌아보면 아쉬울 만큼, 정말 벅차게 행복했던 하루하루였어요.

온전히 함께일 수 있었고, 초보 부모로의 첫발을 함께 내디딜 수 있도록, 쉽지 않은 선택을 해 준 그대, 고마워요. 그리고 잘 부탁해요, 앞으로도.

그대를 사랑하는 아내, 지연

04

작지만 확실한 행복,
육아휴직

#출산임박

#방송과가족사이

#아빠의육아휴직

#아이와가까워질수있는최고의방법

#아빠가태어났다

"네가 해 준 첫 뽀뽀, 세상에서 가장 짜릿한"

생방송을 앞두고,
아내가 분만실에
들어갔다

2016년 12월 30일. 우리는 예정에 없던 이사를 하게 됐다. 처가 바로 근처였다. 평일에는 내가 옆에 있을 수 없기 때문에 늘 걱정이 됐다. 아내의 예정일은 1월 9일이었지만 우리는 미리 마음의 준비를 하고 있었다. 초음파로 사진을 찍을 때마다 아이가 '예정일보다 1주 정도 크다'라는 말을 들었다. 긴장의 끈을 놓을 수 없는 상태였다. 방송 중에도 항상 휴대폰을 곁에 두고 추이를 살폈다. 처가 옆으로 이사를 결심한 것도 그 때문이었다.

갑작스러운 이사 결정. "여보, 우리 이사나 갈까?" 농담처럼 말했고, 농담처럼 보러 간 집이 우리 집이 됐다. 마치 인연처럼

작지만 확실한 행복, 육아휴직

찾아온 우리 마음에 쏙 드는 집. 처음 말을 꺼내고 이사까지 2주 정도의 시간밖에 걸리지 않았다. 나는 평일에 서울에 없었고, 아내는 만삭이었다.

"여보는 절대 움직이지 마!"

이사가 마무리될 때까지 아내는 집에 들어오지도 못했다. 혹시나 무리하게 움직이다가 봄이가 빨리 나올까 하는 걱정 때문이었다. 고맙게도 아내와 봄이는 잘 버텨주었고, 이사도 무사히 마쳤다. 그리고 2017년 새해를 맞이하면서 우리는 편안한 마음으로 봄이를 기다렸다. 사실 봄이의 생일에는 우리 부부의 숨은 노력이 있었다. 나와 아내는 봄이에게 '1월 초 생일'을 선물하고 싶었다. '빠른 생일'이 없어진 상황에서 1월생과 12월생은 차이가 너무 컸기 때문이다. 2016년 3월, 우리는 나름대로 치밀하게 작전(?)을 짰고, 그 작전은 성공(?)했다. 덕분에 봄이의 태명은 '한방이'가 될 뻔했다.

"봄이가 딱 3~4일만 기다려줬으면 좋겠어."

조금 급하게 결정한 이사였지만, 무사히 잘 마쳤다. 봄이가 태어나기 전에 집을 정리해놓고 싶어서 장인어른, 장모님까지 함께한 결과, 짐 정리도 대강 끝냈다. 2017년도 밝았으니 이제 마음 편하게 봄이를 기다리면 되는 상황. 하지만 아내는 지쳐 있었다. 아내에겐 시간이 필요했다. 아내는 봄이의 침대와 짐을 정리하면서 여유롭게 봄이를 맞이하고 싶어 했다. 3~4일의 여유, 아내가 바라는 엄마가 되기 전 마지막 여유였다.

2017년 1월 1일 저녁. 느낌이 이상했다. 조금씩 배가 아프다는 아내. 하지만 병원에 갈 정도는 아니라고 했다. 결정을 해야 했다. 아침 뉴스를 하는 나는 새벽에 출근한다. 아내가 병원에 간다면 회사에 미리 얘기를 해야 했다. 방송을 펑크 낼 수는 없기에. 아내는 괜찮다고 했다. 하루라도 더 함께 있고 싶어 하는 아내의 마음이었다. 직장인에게 출산휴가 날짜는 매우 중요하고, 소중하니까. '아직 괜찮다'는 아내의 말을 믿고 방송을 준비했다. 내가 경험할 수 없는 부분이기에 전적으로 아내의 느낌을 믿었다. 새벽에 봄이가 나오지 않길 기도하며. 하지만 야속하게도 봄이는 새벽에 신호를 보내왔다. 그리고 그 시각, 나는 새벽 생방송을 앞두고 있었다.

아내는 평소에도 아픈 걸 잘 참는다. 봄이는 충분히 우리에게 신호를 보냈지만 우리는 알아차리지 못했다. 결국 아내는 새벽에 병원에 갔고, 나는 봄이가 조금만 기다려주기를 간절히 바랐다. 내가 할 수 있는 건 아무것도 없었다. 무력했다. 눈물이 났다. 내 직업과 소명, 그리고 가족. 세상에서 가장 소중한 가족과의 특별한 순간에 난 무엇을 하고 있는가.

"매형, 누나 분만실 들어갔어요."

처남의 전화. 다행히 봄이는 아빠를 기다려주었다. 오전 7시가 조금 지난 시간이었다. 마음이 급했다. 봄이가 기다려준다는 것은 아내의 진통이 길어지고 있다는 얘기였다. 용산역에 도착

작지만 확실한 행복, 육아휴직

하는 시각은 7시 25분, 병원은 홍대. 한숨도 자지 못했지만, 정신을 차려야 했다. 처남이 차로 데리러 온다는 것도 말렸다. 출근 시간에 차로 움직이면 막힐 위험이 있다. 최단 경로를 검색해 지하철로 이동했다. 환승할 때도, 역에서 내려 병원으로 가는 동안에도, 전력으로 질주했다. 육상선수로 활동했던 중학교 때 이후 살면서 그렇게 간절히 달려본 건 처음이었다.

'봄이가 태어나는 순간에는 반드시 옆에 있어야 해.'

머릿속에는 온통 그 생각뿐이었다. 출산할 때 아내 곁에 없으면 '원망이 평생 간다'는 선배들의 얘기도 한몫했다. 원망거리를 만들고 싶지 않았다. 사랑하는 내 아이가 태어나는 순간을 기쁨으로만 채우고 싶었다. 숨이 차올라 가슴이 터질 것 같았지만 달리기를 멈추지 않았다. 그만큼 난 절실했다.

7시 40분. 병원에 도착했다. 울먹이는 얼굴로 맞아주시는 장모님께 짐을 맡기고 분만실로 향했다. 아내는 힘들어하고 있었다. 아무것도 할 수 없는 무능한 남편은 그저 '잘하고 있다'며 '고맙다'는 말만 되풀이할 뿐이었다. 그리고 제발 아내와 봄이가 무사하기를 기도했다.

"축하합니다."

오전 8시 1분. 봄이가 태어났다. 내가 아내 옆에 있었던 시간은 단 21분. 21분 만에 나는 아빠가 되었다. 다들 입을 모아 얘기했다. '봄이가 아빠를 기다린 것 같다'고. 아내가 병원에 도착한 새벽 3시부터 오전 8시 1분까지. 아빠를 기다리며 엄마와 함께 힘든 시간을 보낸 우리 아이. 눈물이 났다. 평소 안구건조증으로 눈물이 없는 편인데, 눈물이 끊임없이 흘렀다. 고맙다는 말, 사랑한다는 말을 되풀이했다. 처음 순간을 기록하겠다고 카메라를 들고 있었지만, 찍을 엄두가 나지 않았다. 너무 고귀한 순간이라 눈으로, 마음으로 담아야 할 것 같았다.

태어나서 결코 느껴보지 못한 감동. 세상에서 처음 느껴보는 따뜻함. 새롭게 태어난 느낌이었다. 세상의 복잡한 일들이 명확해지는 느낌이었다. 아내, 딸, 아빠, 엄마, 가족. 그 낯선 무게감이 이제는 내 것이 되었다. 나쁘지 않은 기분이었다. 설명할 수 없는 충만함으로 가슴이 두근거렸다. 새로운 세상. 그 앞에 첫걸음을 내딛게 되었다.

그렇게 나는 아빠가 되었다.

작지만 확실한 행복, 육아휴직

우리 아이의
한글 이름 짓기

군대 시절, 고된 훈련으로 녹초가 된 채 군용 트럭에 짐짝처럼 실려 이동하던 때였다. 하루를 그저 잘 버티는 것에 감사하던 시기. 날씨마저 무더운 여름날. 코끝을 찌르는 나와 동료들의 땀 냄새에 머리가 아파 고개를 들어 하늘을 봤다. 그림처럼 파란 하늘과 눈부시게 빛나는 햇살, 그리고 그 사이로 흘러가는 구름. 한참을 쳐다보다가 입 밖으로 튀어나온 네 단어.

"푸른, 하늘, 하얀, 구름."

아이 4명을 낳아 첫째부터 막내까지, '푸른' '하늘' '하얀' '구름'으로 이름을 지어주고 싶다는 생각이 들었다.

'첫째는 딸, 둘째, 셋째는 아들, 막내는 딸이면 더 좋겠다.'

모든 것이 회색빛으로 보이던 시간에 나도 모르게 피어난 미소. 밀려오는 뿌듯함. 늘 가슴에 넣어 다니는 낡은 수첩과 볼펜을 꺼내 정성스럽게 단어를 적었다. 먼 훗날 만나게 될 아이의 이름을 짓고 나니 평온이 찾아왔다.

하지만 현실은 녹록지 않았다. 스스로 생각해도 아들 둘, 딸 둘은 현실적이지 않았다. 주변 사람들에게 자랑스럽게 얘기하면 돌아오는 한결같은 대답.

"결혼은 할 수 있겠니?"

"요즘 누가 애를 4명이나 낳으려고 하겠어?"

현실적인 대안이 필요했다. 일단 2명으로 생각하자. 대신 서로 의미가 이어지는 이름을 찾자. 서로의 이름으로 연결된 느낌. 매일 이름 속에서 의미를 찾고, 자신의 이름이 삶의 지표가 될 수 있게 하자. 하루하루 충실하면서 오늘의 의미를 잊지 않게.

'오늘, 하루.'

오늘과 하루. 하루는 일본어로 봄을 의미하니까, 봄에 태어난다면 하루라는 이름도 참 좋겠다. 다시 한번 뿌듯해졌다. 하지만 결혼은 혼자 하는 게 아니었다. 아이의 이름 역시 혼자 짓는 게 아니었다. 아이가 몇이 될지, 아들일지 딸일지, 우리가 결정할 수 있는 게 아니었다. 그저 아이가 찾아와준 것만으로도 감사할 뿐. 지금 이 순간에 아이에게 가장 잘 어울리는 소중한 이름을 지어주는 것, 우리가 할 수 있는 전부라 생각했다.

작지만 확실한 행복, 육아휴직

아빠 이름은 한글 이름, 아빠 직업은 아나운서, 엄마 아빠 결혼기념일은 한글날. 봄이에게 예쁜 한글 이름을 선물하고 싶었다. 단, 조건이 있었다. 부르기 쉽고, 예쁜 어감에, 의미까지 특별해야 한다. 봄이가 태어나기 전부터 '국립국어원 자료'와 '표준국어대사전' '한글 이름 사전' 등을 보면서 정말 열심히 공부했다. 아나운서 시험을 준비하면서 공부했을 때보다 더 열정적이었다고 자부한다. 밑줄 긋고, 분류하고, 실제 성까지 넣어가며 몇백 번을 부르면서 입에 담아봤다. 생각도 못한 여러 가지 변수가 발생했다. 예를 들어 '머리'의 옛말인 '마리'는 어감이 참 예쁘지만, 아빠의 성을 붙이니 '김마리'가 되어 탈락. 의미 있고 예쁜 이름이지만, 어릴 때 놀림의 대상이 될 수 있다. 떡볶이를 먹을 때마다 '김말이'와 비슷하다며 놀려대겠지. 아이의 이름을 짓는다는 건 어려운 일이었다. 아이의 인생과 평생 함께할 말이기에. 신중에 신중을 기했다.

봄이의 작명에는 또 다른 고민이 있었다. 좋은 한글 이름의 적(?)은 내부에 있었다. 태명으로 부르던 '봄이'라는 이름. '봄이'는 이미 우리 입에 너무 익숙해졌고, 심지어 예쁘기까지 했다. 우리는 '봄이'라는 이름에 적응해 있었다.

'그냥 봄이로 할까?'

사전들을 뒤지며 여러 이름을 알아봤지만, 이미 입에 붙어버린 '봄이'를 놓기가 아까웠다. 고민에 고민을 거듭하다 원래의 취지대로 새로운 한글 이름을 짓기로 했다. 봄에 우리에게 찾아왔지만, 겨울에 만나게 될 아이. 아이의 이름과 의미가 안 맞으면 안 될 것 같았다. 우리가 편한 것보다 아이에게 어울리는 이름이 더 중요했다. 우리 봄이에게 엄마 아빠의 고민과 노력, 마음을 담은 예쁜 한글 이름을 선물하고 싶었다. 다시 고민이 시작됐다.

틈틈이 공부하고 토론하고 조언을 종합한 결과 여러 가지 후보가 나왔다. 부르기 쉽고(어감), 흔하지 않으며(네이버에 인물 검색을 해 보면 수많은 동명이인이 나온다), 좋은 뜻을 지닌 한글 이름.

'소예, 윤슬, 예솜', 마지막까지 고민한 최종 후보 가운데 우리 봄이의 이름이 결정됐다.

윤슬

햇빛이나 달빛에 비치어 반짝이는 잔물결.

김윤슬. 언제나 은은하게 반짝이는 사람이기를 바라는 엄마 아빠의 마음을 담아 선물한 우리 딸의 이름이다.

작지만 확실한 행복, 육아휴직

라테파파,
육아대디를
꿈꾸며

윤슬이가 태어나면서 자연스럽게 아빠라는 단어의 무게감과 '좋은 아빠'가 되는 방법에 대해 고민하게 됐다. 관련 방송이나 다큐멘터리, 책 등을 찾아보고, 아빠가 되기 전에는 알지 못했던 다양한 단어들을 알게 됐다. 항상 주변에 있었지만, 나와 상관없던 말들이 하나둘 나에게 적용되는 단어가 되었다. 앞으로 나와 아이의 관계를 결정할 단어들이었다.

'허수애비, 라테파파, 육아대디, 프렌디'

육아와 관련된 아빠의 별명은 참 많았다. '허수애비'로 대표되는 한국의 아빠. 아이들에게 아빠에 관해 이야기해 보라고 하면 주말에 집에서 잠만 자는 모습을 떠올리는, 마치 들판에 힘 없이 서 있는 허수아비처럼 육아에서 존재감이 없는 슬픈 별명 이었다. 어쩌면 나의 모습일 수도 있는 슬픈 단어, 우리 시대 꽤 많은 아빠들이 겪는 모습이다.

이와 반대되는 별명도 있다. 일명 '라테파파', '프렌디'로 불 리는 스웨덴의 아빠는 아내와 육아를 함께한다. 너무도 당연한 말이지만, 사회적 인식과 인프라가 구축되지 않은 한국 사회에 서는 실천하기 어려운 말이기도 하다. 남성 육아휴직 비율이 높 은 스웨덴에서는 한 손에는 라테 한 잔을 들고, 유모차를 끌고 가는 아빠들의 모습이 흔하다. 라테파파라는 단어 역시 자연스 럽게 형성된 별명이다. 그곳은 개인의 인식도, 사회의 배려도, 모든 것이 육아, 가족에 맞춰져 있었다.

라테파파
스칸디나비아 스타일의 자녀 양육법을 추구하는 아빠를 일컫는 말이다. 한 손에는 라테를 들고 유모차를 끌고 다니는 모습에서 유래했다. 육아휴직과 자녀 양육에 적극적인 아빠를 칭한다.

현재 아빠의 육아휴직 비율이 90%에 육박한다는 스웨덴 도 처음에는 지금의 우리와 사정이 비슷했다고 한다. 사회적으 로 필요성은 인식했지만, 누구도 어떤 기업도 쉽게 육아휴직 얘 기를 꺼내지 못하는 상황. 이때, 아빠들에게 손을 내민 건 정부

작지만 확실한 행복, 육아휴직

였다. 정부 차원에서 아빠 육아휴직의 필요성을 적극적으로 홍보했고, 아빠 육아의 장점과 아이가 성장하는 데에 아빠 육아가 왜 필요한지를 알리기 시작했다. 더불어 남성 육아휴직을 보장하지 않는 기업에는 보조금을 끊는 등의 정책도 함께 시행했다. 이러한 뒷받침이 있었기에 라테파파의 나라, 스웨덴의 모습이 가능했다. 물론 사회의 관심과 노력, 그리고 아빠들의 용기가 함께했기에 가능한 결과였다. 그런데 사실 우리나라는 OECD 회원국 중 아빠에게 보장된 육아휴직 기간이 최상위권에 속한다. OECD의 2015년 '가족 데이터베이스' 자료를 보면, 우리나라 아빠에게 주어지는 유급 휴가는 52.6주로, OECD 평균인 9주를 훌쩍 웃돈다. 하지만 사용할 수 없는 것이 현실. 이를 통해 법적인 보장만이 아니라 사회문화적 노력이 수반되어야 함을 확인할 수 있다.

알면 알수록, 공부를 하면 할수록 슬펐다. 우리의 현실이 가슴 아팠다. 내 주변만 봐도 육아에 동참하고 싶어도 할 수 없는 아빠들이 많았다. 회사에 얽매인 일상, 잦은 야근과 회식으로 누적된 피로, 피곤함에 지쳐 잠으로 보내는 주말. 아이와의 교감은 꿈도 꿀 수 없고, 아이가 크는 것도 보기 힘든 아빠들. 맞벌이 부부라면 걱정과 고민은 더 커진다. OECD 국가 중 남성 가사 분담률 최하위. 우리의 슬픈 현실이다.

현실이 이렇다 보니 나중에 윤슬이가 아빠를 어떻게 생각할지 벌써 걱정됐다. 되고 싶은 아빠의 이미지는 확실하지 않았지만, 되고 싶지 않은 아빠의 이미지는 확실했다. 많은 자료와 영상들을 공부할수록 가장 중요한 것은 아빠, 그리고 가정의 의지라는 것을 알게 됐다. 육아휴직을 결정한 가장 큰 이유 중 하나였다. 가족을 위해, 아이를 위해, 저녁이 있는 삶을 위해, 우리 아빠들의 육아휴직 결정이 더 늘어나길 바라는 간절한 마음으로 일단 나부터 용기를 내보기로 했다.

윤슬이를 만나기 두 달 전, 교통사고를 겪고 병원에서 MRI 결과를 기다리며 들었던 생각.

'오늘이 내 인생의 마지막 날이라면 난 뭘 해야 하지?'

그때 내린 결론은 '가족', 그리고 '좋은 아빠'. 세상에는 중요한 일들이 많지만, 나는 '가족'이라는 기준을 최우선으로 바라보고 가야겠다는 용기가 생겼다. 남들이 정해놓은 기준에 맞춰 살다 보면 남들과 같은 고민을 하게 될 것 같았다. 나는 절대 우리 아이에게 허수애비로 인식되고 싶지 않았다. 내 삶의 방향이 확실하게 결정되는 순간이었다.

그렇게 나는 육아휴직을 결심했다.

작지만 확실한 행복, 육아휴직

육아휴직은
옳은 결정일까?

　　형님들을 만났다. 육아휴직 결정을 조심스럽게 전하니 형님
들은 오히려 나를 부러워했다. 술을 한잔 걸쳐서 그런지 감정이
격해진 형님은 눈가에 눈물까지 보인다.

　　"우리 딸은 날 싫어해."

　　내 귀를 의심했다. 형님은 사춘기인 딸과 아들이 자신을 싫
어한다고 했다. 어려워하거나, 덜 가까운 게 아니라 정확히 '싫
어한다'고 표현했다. 그동안 참 바쁘게, 일밖에 몰랐던 형님이
다. 형님은 믿었다. 바쁜 일정, 야근, 회식 등 회사에서 하는 모
든 일이 가족들을 위한 시간이라고 생각했다. 하지만 시간이 지

나 보니 가족이란 울타리에서 자신만 쏙 빠져있더란다. 하하호
호 즐거운 분위기에 끼려고 노력도 해 봤다.

"아빠는 그때 없었잖아."

지난여름 가족 휴가 때의 추억을 공유하는 자리였다. 같이
가려고 애썼지만, 일 때문에 결국 함께하지 못했다. 가족을 위
해 자신을 희생했다고 믿었던 그 시간은 오히려 가족과 더 멀어
진 시간이었다. 형님도 노력을 했다고 한다. 하지만 자신이 다가
가려고 노력하면 가족들이 어색해한다고 한다. 이미 가족이라는
테두리에서 아빠는 제외된 것 같다고. 다가가려 해도 너무 멀어
져 버린 것 같다고. 형님은 내 육아휴직이 부럽다고 했다. 나는
아이가 세상에 태어난 순간부터 아빠의 빈자리가 생기지 않게
하려고 한 선택이라고 말했다. 아빠와 가족의 틈을 허락하지 않
는, 첫 단추부터 완벽하게 끼우려는 선택. 형님은 그날 술자리에
서 내게 거듭 부럽다고 했다. 그러면서 이미 몇 번을 보여준 딸
의 사진을 보여주고 또 보여줬다. 내게 보여준 시간보다 자신이
보고 있던 시간이 훨씬 길었다.

비슷한 경우는 의외로 많았다. 평소에 정이 많고, 사람 좋기
로 유명한 SK 와이번스 장내 아나운서 우중이는 이와 비슷한 일
로 힘들어하는 지인을 도왔다. 지인의 딸이 아이돌, 특히 〈프로
듀스 101〉 출신의 워너원을 좋아했는데, 마침 해당 프로그램의
사전 MC로 활동하던 우중이가 지인을 위해 워너원의 공연 티켓
을 구해 준 것이다. 지인은 연신 고맙다며 기뻐했고, 그런 모습

작지만 확실한 행복, 육아휴직

을 보며 우중이도 뿌듯했다고 한다. 후에 들어보니, 지인은 어렵게 구해간 티켓을 딸에게 은근슬쩍 건넸고, 어릴 때 이후 처음으로 딸에게 먼저 뽀뽀를 받았다고 한다. 덕분에 딸과의 추억이 생겼다고. 함께 나눌 얘깃거리. 이제 시작일지 모르지만, 딸과의 화해가 시작된 것이다.

그 얘기를 듣고 확신이 생겼다. 육아휴직에 대해 고민이 많던 시기였다. 하지만 지금 이 선택이 아니면, 나도 어떤 기준 없이 남들처럼 살다가는, 훗날 뼈저리게 후회할 수도 있겠다는 아찔한 생각이 들었다. 특별한 이벤트 없이도 그저 자연스러운 아빠의 역할을 하고 싶었다. 엄마처럼, 아니 똑같이. 굳이 엄마 역할, 아빠 역할을 나누지 않고 아이에게 똑같은 부모로 다가가고 싶었다.

우리나라 아빠들이 아이와 보내는 시간은 하루에 고작 6분. 이 믿기 힘든 수치는 안타깝게도 사실이다. 아이가 자는 시간에 나와서 잠든 시간에 들어가는 아빠들에게는 이 6분을 내기도 쉽지 않다. 누구보다 열심히 살지만, 아이가 어떻게 크는지도 모르는 아빠의 시간. 뭔가 한참 잘못되었다는 생각이 들었다. 아빠와 친숙한 아이들이 정서적으로도 더 안정되고, 낯선 환경에 대한 불안감도 적고, 창의성이나 자율성, 자기주도성도 향상된단다. 아이들은 아빠를 통해 세상을 경험한다. 육아휴직에 대한 확신이 더 커졌다. 사회적인 분위기나 제도가 뒷받침되지 않는 상황에서 아빠들이 육아휴직을 결심하는 데 이러한 연구자료나

지표는 큰 힘이 된다. 육아휴직을 결심하는 데는 용기와 확신이 필요하기 때문이다.

항상 그 자리에 있는 아빠가 되고 싶다. 고개를 돌려 가족을 바라봤을 때, 혹은 가족이 나를 바라봤을 때 가족이라는 울타리 안에서 늘 그 자리에 있는 아빠. 뽀뽀가, 사랑한다는 표현이 어색하지 않은 아빠. 좋은 아빠보다는 친근한 아빠. 나중에 윤슬이가 남자친구 고민을 편하게 털어놓을 수 있는, 그런 편한 아빠가 되고 싶다. 그런 의미에서 나의 육아휴직은 전적으로 옳은 결정이었다고 믿는다.

작지만 확실한 행복, 육아휴직

아빠의
육아휴직,
언제가 좋을까?

"왜 하필 지금이야?"

"아이는 어차피 기억도 못할 텐데?"

어렵게 용기를 내서 육아휴직을 마음먹더라도 항상 고민되는 부분은 시기였다. 외부의 압력과 눈치를 견뎌 내고 어렵게 육아휴직을 해도 '언제 육아휴직을 쓰는 것이 아이에게 가장 좋을까?'에 대한 의문은 항상 들 수밖에 없다. 원칙적으로 육아휴직은 '만 8세 이하 또는 초등학생 2학년 이하'의 자녀를 양육하기 위해 쓸 수 있는 제도이고, 아빠도 최대 2년까지 쓸 수 있다. 하지만 누구도 편하게 사용할 수 있는 제도는 아니기에, 육아휴직을 가장 효과적으로 사용할 수 있는 시기 결정이 고민이었다.

아내와도 많은 얘기를 나눴다. 과연 언제가 아내와 아이에게, 나아가 우리 가족에게 가장 좋은 시기일까? 아이가 어느 정도 기억할 수 있는 5~6세? 함께 여행도 하고 추억도 쌓을 수 있는 7~8세? 고민 끝에 내린 우리의 결론은 '지금 당장'이었다. 지금이 쉽지 않다면 나중에는 더 힘들 수도 있다. 마음먹었을 때 해야 한다. 일단은 시작하자. 가장 중요한 것은 육아든, 집안 일이든 '지금, 함께' 하자는 공감대였다.

먼저 육아휴직을 했던 선배들을 만나 이런저런 조언을 구했다. 비슷한 조건에서 육아휴직을 했던 선배들도 고민이 많았다. 대부분 선배들은 아이가 5~6세 혹은 7~8세에 육아휴직을 했다. 선배들은 육아휴직에 대해 '그동안 애들한테 못해 준 것에 대한 보상'이라는 표현을 썼다. 그동안 일 때문에 바빠서 아이들과 함께하지 못한 것에 대한 미안함을 만회하는 느낌이라는 것. 선배들의 표정에는 자부심이 넘쳤다. 남들은 하지 못하는 육아휴직을 용기 있게 결정한 '좋은 아빠'에 대한 자부심. 인정한다. 그들의 용기 덕분에 나도 육아휴직을 고민할 수 있었던 거니까. 직종과 상황은 다르지만 그래도 선배들이 먼저 그 길을 걸었기에 나도 이렇게 조언을 구하고 함께 고민해 볼 수 있는 거니까. 정말 고마웠다. 그리고 선배들은 이런 얘기를 했다. '좋은 아빠'를 넘어 '좋은 남편'이 되기 위해 집안일도 많이 도와줬다고. 자신은 아내를 위해 집안일도 도울 줄 아는 멋진 남편이라는 자부심. 의아했다.

작지만 확실한 행복, 육아휴직

'집안일은 도와주는 게 아니라, 원래 같이하는 것 아닌가?'

선배들의 문제는 아니었다. 출산 과정에서 자연스럽게 생긴 역할의 문제였다. 맞벌이로 함께 일을 할 때는 집안일을 나눠서 한다. 함께 일하니까 집안 '일'도 함께해야 한다는 인식이다. 하지만 아내가 출산휴가에 들어가고 남편이 밖에서 일을 하면서 역할이 나뉘면, 의도하지 않아도 자연스럽게 육아는 아내의 몫이 되고 남편은 돕는 역할이 된다. 누구도 의심하지 않고 자연스럽게 부여되는 역할이 문제였다.

만약 처음부터 육아나 집안일을 함께한다면 그로 인해 역할이 나뉘는 일은 없을 것이다. 아이가 태어난 순간부터 매 순간을 함께하며 엄마 아빠로 같이 성장하면 된다. 누구의 역할이 나뉘기 전에 처음부터 함께. 그렇게 우리의 육아휴직 시기를 결정했다. 이왕 어렵게 결정한 육아휴직, 엄마와 아빠가 되어 가는 과정을 처음부터 함께하기로.

물론 육아휴직 시기에 정답은 없다. 우리는 미래를 기약하기보다 지금을 선택했다. 비록 아이가 기억하지 못할지라도 내가 아이의 모든 시작을 기억하기로 마음먹었다. 하나하나 눈에 담고 모든 감각으로 기억하기로.

아빠의 육아휴직에는
정말 큰 용기가
필요하다

아는 동생이 SNS에 글을 썼다. 아빠 육아휴직의 현실에 대한 얘기였다. 아빠의 육아휴직 얘기를 꺼냈을 때, 얼마 전까지 '미리 말해 줘서 고맙다'고 했던 회사 팀장으로부터 막상 때가 되니 '책임감, 주인의식 없이 권리만 쏙 빼먹는다'는 말을 들었다는 얘기였다. 그렇다. 아빠의 육아휴직, 정말 쉽지 않다. 그나마 우리 회사는 남성 육아휴직에 관대한 편이지만, 나 역시 육아휴직을 하기가 쉽지 않았다. 사회 전반에 깔린 아빠의 육아휴직에 대한 인식 때문이다. 아직 세상은 육아휴직 하는 아빠에게 '왜?'라는 질문을 끊임없이 던진다.

작지만 확실한 행복, 육아휴직

'나와는 다르다'는 시선에 목소리를 낼 수 있는 용기가 필요하다. 물론 '누군가는 먼저 해야 한다'며 이해하고 지지해 주는 선배들도 많았지만, 많은 이들의 질문은 '왜? 남자가?'였다. 본인들이 경험해 본 적이 없기 때문에 지지도 동의도 할 수 없는 사람들이 많았다. "진짜 육아휴직 하는 것 맞지?" 수없이 많은 확인 절차가 필요했다. 왜 해야 하는지에 대해 끊임없이 대답해야 했다. 본인들은 한 번 묻고 마는 질문이지만, 반복해서 듣고 답해야 하는 당사자는 정말 힘들다. 남성 육아휴직이 생소하고 특이해서 궁금할 수는 있다. 아니면 본인들이 하지 못한 선택에 대한 부러움일 수도 있고. 하지만 경험하지 못했기에 이들은 나를 이해할 수도, 조언을 할 수도 없다. KBS 남자 아나운서 중에서 육아휴직을 쓰는 경우는 내가 처음이었다.

　내 생각이 본인의 생각과 '다르다'까지는 괜찮은데, '틀렸다'고 생각하는 분들도 많았다. 이런 시각이 문제다. '애 보다 보면 회사 가고 싶을 거다'라면서 육아의 힘듦과 육아에 대해 잘 모르는 자신의 무지함을 자랑스레 이야기하는 사람도 있었다.

　"나는 애 기저귀 한번 갈아본 적 없다."

　이렇게 말하면서 '가정적이지 않음'이 사회에서 '능력 있음'과 같다는 식으로 착각하는 사람도 있다.

　"처가가 좀 사나 봐?"

　"집에 여유가 좀 있나 봐?"

심지어, "승진하기 싫은가 봐?"라며 마치 육아휴직이 경력에 큰 영향을 미치는 것처럼 말하는 사람도 있었다. 우리 회사가 육아휴직 여부로 승진에 영향을 주는 회사라고 생각하고 싶지도 않지만, 만약 그렇다 해도 내 가치관에 따른 결정이었기에 큰 의미를 두지 않기로 했다.

'가족을 위한 선택으로 하지 못할 승진이라면 안 해도 상관없다. 승진이라는 것이 결국 가족을 위한 것이 아닌가? 승진을 위해 가족을 희생할 수는 없다.'

당연한 권리인 육아휴직을 위해 이런 의지를 다지는 것이 우스웠지만, 무엇보다 내가 사랑하는 우리 회사가 그런 곳이 아니라고 믿고 싶었다. 뭐, 복직하면 어떻게 될지 모르는 일이지만.

육아휴직에 성공(?)했다고 끝이 아니다. 주변의 시선에 당당할 수 있는 용기도 필요하다. 월요일 오후 분리수거를 하러 가면 사람들의 시선이 느껴진다.

'저 남자는 왜 매주 이 시간에 나올까?'

'뭐 하는 사람일까?'

엄마들의 미묘한 시선이 있다. 그 시선이 나쁘다는 얘기가 아니다. 아직 육아휴직 하는 아빠의 모습이 낯설다는 얘기다. 그래서 가끔 서러울 때가 있다. 육아 정보를 검색하면 나오는 수많은 커뮤니티는 대부분 엄마들의 커뮤니티다. 아빠들의 커뮤니티는 거의 없다. 녹색 어머니회는 있지만, 녹색 아버지회는 없

작지만 확실한 행복, 육아휴직

다. 한 가정에서 두 번째 육아휴직 혜택의 이름은 '아빠의 달'이지만, 우리 집의 첫 번째 육아휴직이었던 나는 '아빠의 달' 혜택을 받을 수 없었다. 아빠가 엄마보다 먼저 육아휴직을 쓰는 경우는 흔하지 않기 때문이었다. '주부'라는 단어를 들을 때마다 '나는 주부인가?' 고민하게 된다. 육아하는 아빠에게 어울리는 표현이 없기 때문이다. 라테파파, 프렌디, 육아대디 등 육아하는 아빠를 칭하는 단어가 있지만 사실 어색하다. '육아하는 아빠'가 어색해서 생기는 현상이다. 육아와 관련된 아빠와 엄마에 대한 사회적 인식의 불균형을 피부로 느낀다. 사회가, 주변 사람들이, 육아하는 아빠에게 좀 더 친절하면 좋겠다. 앞으로 육아하는 아빠가 더 많아지면 좀 나아지려나?

내가 왜 육아휴직을 하는지에 대한 명확한 이유와 믿음이 필요하다. '육아휴직 하면서 좀 쉬고 싶다.', '요즘 유행이라던데 나도 육아휴직이나 한번 신청해 볼까?'라는 단순한 생각으로는 시작하기도 전에 지치거나 육아휴직을 하면서도 힘들고 자괴감이 들 수 있다. 육아휴직 후 회사로 돌아가서도 여러 가지 문제를 겪을 수 있다. (실제 육아휴직 때문에 회사를 그만둔 아빠, 창업하는 아빠가 많다. 휴직 전 상태로 돌아갈 수 없기 때문이다) 이렇듯 세상은 육아휴직 하는 아빠들에게 친절하지 않다. 아직 우리는 남들과 다른 사람들이기 때문이다. 그래서 육아휴직 하는 아빠들에게는 큰 용기가 필요하다. 거창한 용기 따위 없어도 아빠들이 육아휴직을 할 수 있는 날을 기대해 본다.

남자는 원래…
그런 게 어딨어!

"〈콘서트 필〉을 진행하고 싶어서요."

KBS 본사에서 연수를 받고 발령 지역을 선택했을 때 선배들은 물었다. 아는 사람 한 명 없는 광주 근무를 지원한 이유가 뭐냐고. 그건 〈콘서트 필〉이라는 프로그램 때문이었다. 음악 프로그램을 진행하는 아나운서가 되고 싶었다. 내가 좋아하는 방송과 음악, 공연, 아나운서라는 직업까지. 모든 것을 만족하는 일이었다. KBS 시험을 준비하면서 지역의 방송들을 찾아봤다. 어차피 가야 하는 지역이라면 하고 싶은 프로그램이 있는 곳으로 가고 싶었다. 광주에 〈콘서트 필〉이라는 프로그램이 눈에 띄

작지만 확실한 행복, 육아휴직

었다. 2004년부터 시작하여 〈유희열의 스케치북〉보다 오랜 역사를 지닌 프로그램이었다. 고민할 필요 없이 광주를 선택했다.

"어떤 프로그램을 진행하고 싶니?"

광주에서 받은 첫 질문이었다.

"저는 〈콘서트 필〉을 진행하고 싶습니다."

한참 말이 없던 당시 부장은 정말 진지하게 얘기했다.

"남자는 원래… 뉴스나 시사 프로그램을 하는 거야."

〈콘서트 필〉을 진행하기까지 꽤 오랜 시간이 걸렸다. '남자는 뉴스나 시사 프로그램을 해야 한다'는 편견과 싸워야 했다. 의도적인 방해도 있었다. 솔직히 많이 힘들었다. 그래도 절대 포기는 하지 않았다. 쉽게 허락되지 않는 자리를 위해 내 프로그램이 아니어도 매번 녹화장을 찾았다. 무대가 아닌 객석에서 녹화 과정을 살펴봤고, 무대 뒤의 스태프를 챙기며 많은 얘기를 들었다. 덕분에 더 넓은 시각에서 프로그램이 만들어지는 모습을 지켜봤고, 녹화가 지연될 때는 무대에 올라가 관객들이 지루하지 않게 얘기도 하고, 노래를 부르기도 했다. 어차피 내가 원한 건 무대와 객석을 연결하는 역할이었으니, 보이지 않는 곳에서라도 방송에 기여하고 싶었다. 자료실에서 지난 방송들을 전부 찾아봤고, PD 선배에게 코너 아이디어를 내기도 했다. 〈콘서트 필〉은 정말 매력적인 프로그램이었다. 어느새 나는 〈콘서트 필〉을 진심으로 사랑하고 있었다.

"〈콘서트 필〉 MC는 한별이로 가겠습니다."

'남자는 뉴스나 시사 프로그램을 해야 한다'는 편견에 맞선 담당PD 선배의 의지였다. 반대도 많았지만, 선배의 의지는 확고했다. 프로그램에 대한 열정을 좋게 봤다고 했다. 그렇게 난 남자, 그것도 아나운서로는 처음으로 〈콘서트 필〉의 진행자가 되었다. 최초의 남자 아나운서 진행자이자, 최장수 진행자. 공연 형식의 〈콘서트 필〉은 지역에서는 만들기 힘든 프로그램이었지만, 어려운 환경에서 14년의 세월을 버텨왔다. 그리고 그중에 절반을 남자 아나운서인 나 혼자 책임졌다. 이러한 노력을 알아주신 건지 감사하게도 꽤 좋은 평가를 받았고, PD연합회에서 주는 TV진행자상도 받았다. 이것도 역시 최초의 일이었다.

어쩌면 〈콘서트 필〉과 관련된 모든 '최초'는 그동안 남자에게 허락되지 않았던 것들에 '남자는 왜 안 돼?'라는 의문을 품고, 편견에 맞서 싸웠기에 허락된 것일지도 모른다.

'남자는 원래….'

육아휴직에 대한 결심을 주변에 알릴 때 오랜만에 이 말을 다시 들었다. 알게 모르게 주변에는 '남자는 원래'라는 편견이 가득했다. 놀라웠다. 몇몇 선배들은 그것이 편견이라는 생각조차 하지 못하고, 너무도 당연하게 받아들이고 있었다. 안타까웠다. 가보지 못한 길에 대해 어떤 조언도 해 줄 수 없는 그들의 모습이 안타깝고, 슬펐다.

작지만 확실한 행복, 육아휴직

"누군가는 시작해야지. 잘했어."

물론 대부분의 선배는 응원을 해 줬다. 자신들이 가지 못한 길에 대해 지지를 보냈다. 선배들도 알고 있었다. 처음부터 '남자는 원래'라는 건 없다는 사실을. 그저 가보지 못한 길이기 때문에 아무 말도 할 수 없었던 것이다. 그땐 그럴 수밖에 없었으니까. 그 편견마저도 너무 당연한 일이었으니까. 남들처럼 그렇게 할 수밖에 없었으니까.

그렇다. 처음부터 '남자는 원래'란 없었다. 윤슬이가 태어나고 아내와 모자동실을 쓰면서 하나부터 열까지 모든 것을 함께 배웠다. 아이를 안고, 기저귀를 갈고, 아이에게 설탕물을 주고, 아이를 목욕시키는 것도 모두 함께였다. 처음부터 아빠, 엄마의 역할을 나누지 않았다. 나눌 필요도 없었다. 아빠가 도저히 할 수 없는 모유 수유 시간에는, 아빠는 다른 집안일을 하면 된다. 시간을 함께 쓰는 것이다. 늘 함께한다. 처음부터 같이. 역할을 나누지 않고.

양쪽을 전부 경험해 봐야 한쪽만 하고 있어도, 다른 한쪽 면을 이해할 수 있다. 경험하지 않으면 이해할 수 없다. 자칫 내가 아는 것만이 정답이라는 오류에 빠질 수 있다. 육아휴직을 통해 내가 얻은 가장 큰 깨달음, 그것은 바로

'남자는 원래…'는 없다는 것이다.

라테파파

육아휴직,
결코 핑크빛은
아니다

아빠 육아휴직에 관해 조금 현실적인 얘기를 하려고 한다. 육아휴직은 결코 핑크빛이 아니다. 일단 육아휴직을 사용하기 쉽지 않다. 아직 한국 사회에서 '아빠의 육아휴직'은 낯설고 어색하다. 그나마 방송국은 육아휴직에 관대한 편이지만, 남자 아나운서 중 육아휴직을 쓴 건 내가 거의 처음이었다. 엄마의 육아휴직에 대해서도 눈치를 봐야 하는 다른 회사의 경우를 생각하면 아직 '아빠의 육아휴직'은 많은 용기가 필요하다. 육아휴직을 말하려면, 아빠는 용기 있는 슈퍼맨이 되어야 한다. 정작 아빠가 원하는 건 아이와의 소소한 시간일 뿐인데 말이다.

작지만 확실한 행복, 육아휴직

'아빠의 육아휴직'을 바라보는 시선도 마찬가지다. 나의 경우 선배 대부분이 '누군가는 선례를 남겨야 한다.', '우리는 못 했지만, 너희는 할 수 있으면 좋겠다.'며 응원해 줬지만, 육아휴직이 결정되기까지 눈치를 본 것도 사실이다. 육아휴직을 결심하고부터 끊임없이 왜 육아휴직을 할 수밖에 없는지에 대해 설명해야 했다. 만나는 사람마다 반복적으로 이어지는 설득의 과정은 꽤 힘들었다. 이런 현상이 발생하는 것은 아직 우리 사회에 아빠의 육아휴직을 경험해 본 사람이 많지 않기 때문이다. 육아휴직에 관대한 회사에서도 이러한데, 다른 회사에서 육아휴직을 하려는 아빠들은 정말 힘들겠다는 생각이 들었다. 그래서일까? 우리나라 육아휴직자 중 아빠의 육아휴직 비중은 8.5%에 불과하다.

"육아휴직 하면 월급은 얼마나 나와?"

가장 많이 받는 질문이다. 결론부터 얘기하자면, 월급은 '없다'. 회사마다 사내 복지 차원의 기금이 있지만, 없는 경우도 많다. 고용노동부에서 나오는 통상 임금의 40%가 전부다. 하한액 50만 원~상한액 100만 원으로, 법으로 정해져 있다. 그나마도 육아휴직 때는 75%만 지급하고, 25%는 직장 복귀 6개월 후에 일시불로 지급한다. 정리하면 한 달에 최대 75만 원의 지원금이 나오는 것이 전부다. 말 그대로 지원금이다. 평소의 소득보다 줄어드는 건 사실이다.

그래도 2016년 1월부터 두 번째 육아휴직은 첫 3개월 동안 최대 150만 원을 받는다. 일명 '아빠의 달'이다. 보통 가정에서 두 번째 육아휴직은 아빠가 쓰기 때문에 '아빠의 달'이라 이름 지었다 한다. 물론 반가운 소식이다. 이런 제도로 아빠의 육아휴직이 늘어날 수 있다면 정말 좋은 일이다. 하지만 나의 경우 아내가 출산휴가만 쓰고 직장에 복귀했기 때문에, 내 육아휴직은 우리 가정의 실질적인 첫 번째 육아휴직이었다. 아빠가 육아휴직을 쓰고 있지만 '아빠의 달' 혜택을 받지 못하는 웃픈 현실.

그래서 육아휴직을 결정하기 전에는 계획이 필요하다. 들어오는 수입과 나가는 지출을 예상해야 한다. 수입이 줄어들기 때문에 그에 따른 계획적인 소비가 중요하다. 나는 육아휴직 후 줄어들 소득을 계산해서 미리 돈을 모았다. 물론 아이와 집에서 보내는 시간이 많아서 소비 자체가 줄어들긴 하지만 그만큼 자체적으로 해결해야 하는 부분도 많아진다. 기억하자. 육아휴직은 결코 핑크빛이 아니다.

하지만 그럼에도 불구하고 나는 주변 남성들에게 육아휴직을 적극적으로 권한다. 눈에 보이는 소득은 줄어들지만, 돈으로는 절대 살 수 없는 소중한 시간이 생긴다. 말도 통하지 않는 아이와 온종일 씨름하다 보면 힘들기도 하지만, 하루가 다르게 커가는 아이와 곁에서 함께할 수 있다.

'지금이 아니면 이 모습을, 이렇게 가까이서 볼 수 있을까?'

정말 소중하다. 멍하니 아이를 보다가 행복하다며 감동한 적이 한두 번이 아니다. 방심하다가 느낀다. 참 감사한 시간이구

작지만 확실한 행복, 육아휴직

나. 육아휴직 하길 정말 잘했구나. 돈이야 언제든지 벌면 되지만 시간을 살 수는 없다.

나는 여행이라고 생각했다. 아이, 아내와 함께 우리만의 여행지에서 우리만의 시간을 보낸다. 아이의 성장을 하나하나 기록하고, 우리도 함께 커간다. 넉넉하지는 않지만 부족하지도 않은, 서로만 있다면 충분히 행복한 시간을 만들고 있다. 내게 육아휴직은 그런 의미다. 돈으로는 절대 살 수 없는 여행 같은 시간. 아주 긴 인생에 주어진 반짝이는 시간 말이다.

지금 당장은 핑크빛이 아니다. 때때로 생각지도 못한 힘든 순간이 찾아올 것이다. 하지만 시간이 흘러 육아휴직 기간을 돌아볼 때 난 분명 '정말 잘한 결정'이었다고 지금의 나에게 칭찬할 것이다. 그땐 이 시간이 핑크빛으로 기억될 거라 확신한다. 그리고 그때 나와 아이는 이 시간 덕분에 훨씬 더 가까워져 있을 것이다. 그거면 충분하다.

'오빠'를 버리고
'아빠'를 선택한 날

    내게 차는 꽤 특별한 공간이다. 온전한 나만의 공간. 내 차 안에서는 누구의 눈치를 보지 않아도 된다. 마음껏 노래를 불러도 된다. 세상을 향해 외치지 못하는 답답함을 고래고래 소리 지르며 토해내기도 한다. 위로가 필요한 날에는 조용히 나를 위로하는 공간이기도 하다. 마음대로 할 수 있는 게 점점 줄어가는 세상에서 핸들을 오른쪽으로 돌리면 오른쪽으로 가고 브레이크를 밟으면 멈추는 기특한 존재. 이렇듯 내 마음대로 할 수 있는 몇 안 되는 존재이자 공간이기에, 내게 차는 이동 수단 이상의 의미다. 차 안에서는 온전히 '나'로 존재할 수 있다. 차는

작지만 확실한 행복, 육아휴직

내게 자유와 위로를 선물하는 특별한 공간이다.

그런 차에 누군가를 태운다는 건 내 공간에 들어오는 것을 허락한다는 의미다. 나만의 공간이었던 차에 사랑하는 사람이 탄다. 세상에서 가장 사랑하는, 이미 특별한 존재. 늘 비어 있거나, 잡동사니가 쌓여 있던 조수석에 사랑하는 사람이 함께하면서 차의 의미가 달라진다. 나만의 공간에서 우리의 공간으로. 그녀를 태우러 갔다가, 바래다주고 돌아오는 공간은 설렘과 떨림이 가득하다. 그녀는 집으로 들어갔지만, 차에는 그녀의 향기와 온기가 남아 있다. 혼자 집으로 돌아오는 길이 외롭거나 허전하지 않다. 공간을 넘어 시간으로, 추억으로 존재하는 곳. 세상 사람들의 시선에서 자유로울 수 있고, 우리의 사랑을 속삭일 수 있는 특별한 공간. 꽤 많은 커플이 첫 키스 장소로 차 안을 꼽는 데는 이유가 있다.

나도 그랬다. 그녀와 함께 웃고 울었던 공간. 많은 추억을 만들어 준 그 공간에 대한 애정이 컸다. '빅토르'라는 이름도 지어 주었다. 단순한 차가 아니라 나의 생활과 그녀와의 사랑을 함께해 주는 존재로 생각했다. 당시 여자친구였던 아내도 빅토르를 아꼈다. 빅토르를 운전할 때면 그 옆에는 항상 아내가 있었다. 아내가 불편하지 않게 온도, 속도, 운전 패턴까지 신경 썼다. 그러면 아내는 언제나 자랑스럽게 인정해 줬다. "오빠는 굿 드라이버."라면서.

윤슬이가 태어나기 전부터 가장 큰 고민은 카시트였다. 많은 아빠가 고민하는 부분일 것이다. 나만의 공간이었다가 우리의 공간이 되는 그 변화의 과정에는 많은 설득이 필요했다. 설득의 대상은 바로 나 자신. 내 소중한 공간에 이제는 내 아이의 카시트가 설치된다. 심지어 아이 없이 혼자 차에 탈 때도 카시트는 있다. 차라는 나만의 공간에서 위로받던 아빠들에게 이러한 변화는 충격이다. 마음의 준비가 필요하다. 카시트를 설치하기 싫다는 말이 아니다. 카시트는 꼭 필요하지만, 아빠에게도 받아들일 시간이 필요하다. 아빠의 고민은 카시트의 존재 유무가 아니다. 내가 아끼고 사랑하는 공간에 그나마 '덜 어색한' 카시트를 들이는 것, 가령 카시트의 색과 디자인말이다.

'꼭 필요하다면 색깔톤이라도 좀 맞았으면….'

아빠들의 솔직한 심정이다.

윤슬이가 태어났다. 아빠가 되었다. 아빠가 되고 나서 첫 번째 운전을 잊을 수가 없다. 병원에서 조리원까지 아이와 아내, 장모님을 태우고 가는 길이 너무 떨렸다. 내 운전 인생에서 가장 긴장했던 순간이었다. 매일 하던 운전이었지만 느낌이 너무 달랐다. 뭔지 모를 묵직함이 밀려왔다.

'아빠가 되었구나.'

병원에서 조리원으로 가기 위해 운전대를 잡은 순간, 내가 아빠가 되었다는 사실을 실감했다. 출산할 때 아빠는 할 수 있는 게 아무것도 없다. 미안하고 안타까울 뿐이다. 완벽한 조연.

작지만 확실한 행복, 육아휴직

아이와 아내의 주변을 맴돌 수밖에 없는 존재. 가끔 서럽고 초라할 때도 있었다. 그러다 아이와 아내를 차에 태우고 조리원으로 향할 때, 온몸에 전율이 흘렀다. 지켜야 할 대상이 있다는 뿌듯함, 묵직한 행복. 그러면서 동시에 두렵고, 무섭기도 한 느낌. 매일 운전하던 내 차의 의미가 또 한 번 바뀌는 순간이었다.

매일 내 옆에서 함께해 주던 아내는 이제 내 옆에 없다. 언제나 뒷좌석에서 윤슬이와 함께한다. 앞에서 혼자 운전하면 늘 궁금하다. 내가 없는, 뒷좌석의 느낌은 어떨까? 운전을 하면서도 아내와 윤슬이가 함께하는 뒷좌석에 신경이 쓰인다. 혹시나 불편하지는 않을까? 힘들지는 않을까? 그래도 다행히 두 사람 기분이 나쁘지는 않은 것 같다. 하하호호. 앞만 보며 운전하는 내 등 뒤로 행복한 소리가 전해진다. 내가 없는 뒷좌석이지만 나로 인해 편안함이 유지되는 것 같아 기쁘다. 너무나 자연스럽고 평온한 순간이다.

나를 위해 하던 운전이, 우리를 위해 가던 그 길이, 가족과 함께하는 시간으로 바뀌어 간다. 이런 순간의 느낌이 행복이라면, '오빠'에서 '아빠'가 되기 위한 과정이라면 난 기꺼이 '아빠의 삶'을 선택하겠다. 혼자서도 잘 살았지만 둘이라 즐거웠고, 셋이라 더 행복할 수 있기에 기꺼이 이 길을 선택하겠다.

"아빠는 오늘도 굿 드라이버."

참고로 아이가 타고 있는 차에는 '아이가 타고 있음'을 알리는 스티커를 차량 뒤에 붙이는 것이 좋다. 사고 발생 시 차 안에 아이가 있음을 알려 아이부터 구조해달라는 의미이기 때문이다. 조만간 나도 빅토르에게 새로운 스티커를 선물해 줄 예정이다. 깔끔한 빅토르 이미지와 잘 맞진 않겠지만.

'미안, 날 이해해 줘. 빅토르.'

05

그래도, 육아대디

#육아대디

#아빠와딸의평범한하루

#육아노하우

#퇴근없는아내를위한나만의방법

#독박육아

#내꿈은좋은아빠

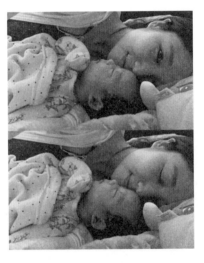

"세상에서 가장 사랑하는 두 사람"

묘한 시간,
오전 10시와
오후 4시

매일 새벽, 피곤한 아내를 위한 윤슬이와의 거실 데이트. 아내의 달콤한 아침잠을 지켜주기 위해 윤슬이를 안고 거실로 향한다. 내 품에서 곤히 자는 윤슬이. 분명 윤슬이를 안고 있는 건 나인데, 내가 안겨 있는 듯한 신비로운 느낌. 아기띠 덕분에 자유로워진 양손으로 잔잔한 음악을 튼다. 손에 잘 맞는 컵에 담긴 향이 좋은 커피와 평소에 읽고 싶었던 e-book. 이 모든 행복이 허락된 어느 월요일 아침.

아내가 출근한 후 아이를 돌보며 청소에 빨래, 정리정돈 등 집안일을 하고 나면 오전 10시. 참 신기하다. 매일 다른 것 같

그래도, 육아대디

으면서도 비슷한 사이클로 돌아간다. 시계를 확인할 여유도 없지만, 시계를 확인하지 않아도 비슷한 시간에 비슷한 일을 하는 우리를 발견한다. 오늘도 잠시 숨을 돌리는 시간 오전 10시.

8시에 아내가 출근하면 잠든 윤슬이를 확인하고, 아내가 힘들게 유축해서 얼려 놓은 모유를 녹이면서 커피를 내린다. 윤슬이의 잠에 방해가 되지 않는 잔잔한 음악을 틀고, 청소기 대신 마른걸레로 청소를 한다. 오픈을 준비하는 식당 주인의 마음으로 윤슬이와 함께 놀 육아 아이템을 정리해 둔다. 적당한 두근거림이 있는 시간.

"으앙~."

윤슬이가 신호를 보낸다. 깼구나. 아이에게 위험할 수 있으니 뜨거운 커피는 원샷. 윤슬이를 품에 안고 자세를 바꿔가며 아이가 원하는 자세를 찾는다. 수시로 달라지는 윤슬이의 컨디션에 따라 내 자세도 달라진다. 조급해하지 않고 천천히 아이가 원하는 자세를 찾는다. 아이가 편안한 표정을 지으면 성공. 토닥토닥, 쓰담쓰담. 윤슬이를 안고 가만히 시간을 흘려보낸다. 쌔근쌔근 듣기 좋은 숨소리, 기분 좋은 아기 냄새. 품에 안긴 아이에게 위로받는 시간. 오늘도 먹고, 놀고, 울고, 싸고, 씻고를 반복하겠지? 앞으로 펼쳐질 평범한 하루가 머릿속에 그려진다. 행복한 영화의 장면을 미리 엿보는 느낌. 자연스럽게 미소가 지어진다. 물론 쉽지 않겠지만.

오늘도 무사히 하루를 시작하는구나. 오늘도 참 예쁘다. 아무 일 없이 시작하는 하루가 이렇게 고맙다니. 100일 동안 잘 커 줘서 고마워. 오늘도 폭풍 같은 하루가 지나가겠지? 오늘도 잘해 보자. 윤슬아, 분명 언젠가 이 시간을 몹시도 그리워하게 될 거야. 너도, 그리고 나도.

오후 4시는 오전 10시만큼이나 신기한 시간이다. 회사 다닐 때는 절대 몰랐던 시간. 공통점은 윤슬이가 잠깐 눈을 붙이는 시간이라는 점이다. 에너지 넘치던 아이의 하품, 눈이 살짝 졸리다. 졸음을 참아보려는 듯하지만 자기도 모르게 손을 빨기 시작한다.

'왔구나.'

기회가 왔을 때 잡아야 한다. 일단 아이의 눈에 새로운 것들이 보이면 안 된다. 아이의 호기심은 상상하지 못할 만큼 강하니까. 졸리지만 잠들고 싶지 않은 아이는 오기를 부린다. 더 웃고, 더 신나게, 더 새로운 것을 찾으면서 버틴다. 원천 차단이 중요하다. 힙시트에 아이를 앉히고, 가슴에 고개를 묻을 수 있도록 자세를 잡아주고, 목을 받쳐주면서 적당히 노곤한 자세를 만들어 준다. 기분 좋은 클래식이나 가벼운 재즈, 아이가 좋아하는 자장가로 음악을 바꾸고 바운스를 탄다. 아이와 리듬을 맞추는 것이다. 재우려는 의도를 알아채지 못하고 스스로 잠들 수 있게 아이에게 맞춰 준다. 잘 수 있는 환경을 만들어 준다. 적당한 분위기, 적당한 온도, 적당한 조도. 어느새 아이는 잠이 든다.

그래도, 육아대디

품 안에 잠든 윤슬이의 이마, 눈썹, 눈, 코, 입, 턱, 볼, 귀 등을 조금씩 나눠서, 천천히 보고 또 본다. 한눈에 담기 아까울 정도로 예뻐서 다른 일은 할 수가 없다. 아이의 낮잠은 깊지 않다. 모든 것을 아이의 컨디션에 맞춘 상태로 귀를 열어 소리에 집중한다. 오후 4시만이 갖고 있는 소리가 있다. 커튼 너머 창문을 타고 들어오는 따뜻한 햇살 소리, 그 햇살 속을 둥둥 떠다니는 먼지 소리. 어릴 적 바닥에 누워 멍하니 쳐다보던 그때의 소리. 한동안 잊고 있었던, 사라졌다고 생각했던 소리. 어린이집 버스가 아파트 단지로 들어오는 소리. 아이들이 하차하는 소리. 누구는 엄마가, 누구는 할머니가, 누구는 아빠가 데리러 왔구나. 언젠가 나도 윤슬이를 맞으러 갈 수 있겠지. 동네가 품고 있는 정겨운 소리. 멀리서 플라스틱 구겨지는 소리가 들려온다. 맞다, 오늘 분리수거 하는 날이구나. 잊지 말고 버려야지. 느릿느릿 굴러가는 유모차 바퀴 소리. 옆집 할머니께서 유모차에 의지해서 산책 나오셨구나. 누군가의 러닝 소리. 몸짱에 도전하는 옆 동 청년인가? 러닝을 마치면 줄넘기를 하겠군. 윤슬이가 깰 수도 있으니 창문을 닫아야겠다. 분명 존재했지만, 그동안 인식하지 못했던 그 시간의 소리가 있다. 그때, 그곳에서만 들을 수 있는 소리. 오후 4시는 정말 묘한 시간이다. 지극히 평범하지만, 신기한.

문득 '아~ 참 행복하다.'고 느껴질 때가 있다. 무방비 상태에서, 정말 문득. 어쩌면 그 느낌 덕분에 하루를 살아가는지도 모르겠다. 그리고 참 다행인 건 육아휴직을 한 이후로 행복하다고 느끼는 순간이 늘어간다는 것이다. 매일매일. 더 자주. 문득 떠오르는 행복의 시간이 늘어갈수록 내 선택을 더 자랑스럽게 생각할 수 있을 것 같다. 누군가 말했다지. 행복은 강도가 아니라 빈도라고. 그런 의미에서 지금의 난 정말 많이, 자주 행복하다.

그래도, 육아대디

퇴근 후
다시 출근하는 아내에게
안정감을 주고 싶었다

'퇴근 후 다시 출근한다', 일과 육아를 동시에 하는 워킹맘들의 삶을 대변하는 말이다. 회사에서 일과 싸우며 지칠 대로 지쳤지만, 다시 집으로 출근하는 엄마들. 모유 수유 중이라면 더 힘들어진다. 집에서 모유를 기다리는 아이를 위해 동료들의 눈치를 보며 회사에서 유축을 하고, 유축한 모유 봉투들을 들고 퇴근한다. 아니, 출근을 한다. 적어도 나는 지친 몸을 이끌고 집으로 향하는 아내에게 다시 출근한다는 느낌을 주고 싶지 않았다. 엄마가 편해야 아이도 편하다는 사실을 알기에 내가 할 수 없는 모유 수유를 제외한 모든 것을 아내가 집에 오기 전 해놓

192

라테파파

으려 했다. 집으로 돌아오는 아내에게 안정감을 주고 싶었다.

다행스럽게 나는 청소와 정리를 좋아한다. 정확히 표현하면 정리된 그 느낌이 좋다. 안정감이다. 더 정확히 말하면 내가 통제할 수 있는 영역에 대한 안정감. 문제가 있을 때 언제든지 그때로 돌아갈 수 있다면 무엇을 하든 자신감이 넘친다. 방송할 때도 마찬가지. 내가 통제할 수 있는 돌발 상황에서는 여유가 넘친다. 남들은 이것을 순발력이나 애드리브라고 표현하지만 나름대로 매뉴얼이 있는 상황이라 가능한 것이다. 완벽하게 새로운 애드리브란 없다.

내게는 청소와 정리가 그랬다. 통제할 수 있는 안정감. 언제든지 되돌릴 수 있으니 도전도 쉽다. 밑져야 본전. 과감하게 진행한다. 안 되면 다시 돌아가면 된다. 어쨌든 내가 통제할 수 있는 상황이니까. 혼자 살 때 들인 습관이다. 처음 한 번 질서를 세운다. 물건의 위치를 정하는 것이다. 제자리에 돌려놓으면 그게 바로 정리다. 모든 물건의 위치를 정해야 하는 처음에만 시간이 조금 걸리지, 그다음부터는 어렵지 않다. 정리하는 시간이 줄어서 청소를 덜 할 수도 있다. 이미 내가 통제할 수 있는 질서가 마련됐기 때문이다.

이것은 마치 맥 OS를 수시로 타임머신 백업하는 것과도 같다. 돌아가는 방법과 시기만 파악하면 된다. 원하는 때로 돌아갈 수 있다. 과정을 내가 진행했으니 정리는 언제든지 가능하다. 내

그래도, 육아대디

가 정리를 좋아하는 이유다. 정리, 수집, 음반, 음악, 외장하드, 방송 자료, 공부 내용 등. 정리를 하면 찾기도 쉽다. 추억도 정리가 필요하다. 머릿속에서 지우기 위해 정리한다. '그걸 했었다'를 넘어 바로 그 시기로 가는 것이 정리다. 이 글을 쓰고 있는 것도 정리라고 할 수 있다. 다음 단계로 넘어가기 위해, 지금이 순간을 잊지 않기 위해 머릿속을 정리하는 것이다. 정리와 청소를 하면 그 공간을 더 잘 이해할 수 있다.

'원래 이렇게 생겼구나. 이런 소리가 나는구나. 이런 향이 있구나.'

정리와 청소를 하면서 내 공간이 더 소중해진다. 나만의 공간을 넘어 이제는 우리의 공간, 가족의 공간이기에 더 소중하게 파악한다. 나뿐만 아니라 아내와 윤슬이의 행동 패턴도 넣어야 하기 때문이다. 정리하면서 공간을 재구성한다. 어떤 물건이 새롭게 들어올 공간도 상상한다. 자리와 질서를 부여하면서 우리 가족의 성향이나 습관도 알아간다. 아내의 책 보는 습관에 맞게 아내의 책들은 넓은 공간에 배치한다. 아내가 여러 책을 주변에 놔두고 언제든지 볼 수 있게 세팅(?)한다. 일종의 관심이다. 공간에 대한 관심. 아내에 대한 관심. 가족에 대한 관심. 그래야 비로소 아내도 내가 정리한 공간에서 안정감을 느낄 수 있다.

오늘도 난 청소를 하고, 정리를 하면서 아내를 기다린다. 직장에서 돌아온 아내가 이 공간에서 안정감을 느낄 수 있도록.

"회사에서 지쳐서 돌아왔는데 집이 엉망이면 더 힘 빠져." 친구들과 얘기를 나누다가 누군가 푸념하듯 한숨처럼 내뱉었다. 나는 그 친구에게 아내를 이해해야 한다고 말했다. '온종일 뭘 했기에 집안이 이 꼴이야.'가 아니라 '오늘 얼마나 힘들었을까?'라고 생각해야 한다. 육아를 해 보니 알겠다. 육아를 하면서 완벽한 정리는 불가능하다. 정리하고 돌아보면 집안은 또 어질러져 있다. 아이는 정리를 마친 공간을 귀신같이 찾아내어 어지른다. 그러니 완벽한 정리를 기대해서는 안 된다. 아이가 잘 먹고, 잘 자고, 잘 싸고, 건강하게, 그저 별일 없이 하루를 보냈다는 것만으로도 아내는 이미 최선을 다한 것이다.

또, 집안일이라는 게 아무리 잘해야 본전이다. 가장 잘 정리된 상태가 원래 그 자리로 돌려놓는 것이다. 아무리 쓸고 닦아도 티가 안 난다. 그때는 또 다른 룰이 필요하다. 아무 말 없이 원래 자리로 돌려놓으면 된다. 바로 찾을 수 있게. 또 다른 질서를 부여하는 것이다. 티 안 나게. 그렇게 안정감을 찾아간다. 부부 사이의, 육아와 집안일의 안정감은 그렇게 찾아가는 게 아닐까? 부부가 함께 호흡을 맞춰가는 것. 그런 의미에서 우리 부부는 참 호흡이 잘 맞는다. 적어도 난 그렇게 믿는다.

육아 아이템은
무조건
간편해야 한다

아이의 반응이 심상치 않다. '이보다 더 신나게 놀 수는 없다'는 듯이 아이의 행동이 격해진다.

'좀 과한데?'

이때 부모는 선택을 잘해야 한다. 아이가 진짜 신난 것인지, 아니면 '신난 척'을 하는 것인지를 잘 파악해야 한다. 만약 후자라면 아이는 지금 졸린 상태일 가능성이 크다. 졸리지만 자기 싫은 상태. 지금 이 신난 기분을 포기하고 자고 싶지는 않은 상태. 아이는 오히려 더 많은 것을 신경 쓰고, 더 신나게 반응하면서 놀기 시작한다. 이른바 각성 상태. 잠을 몰아내려는 아이와 재우려는 부모 사이에 보이지 않는 신경전이 시작된다. 아이는 잠을 몰아내려고 노력한다. 하지만 각성 상태가 이어지면 잠자는 타이밍을 완전히 잃어버릴 수 있기에, 그대로 내버려 둘 수는 없다. 이때 아이를 재우지 못하면, 아이는 자고 싶어도 잠들 수 없는 상태로 온종일 짜증을 낼 것이고, 부모는 온종일 그 칭얼거림을 감당해야 한다. 아이가 졸려 할 때 재워야 하는 이유다. 윤슬이를 재워야겠다. 아이는 자동으로 잠들지 않으니까.

힙시트나 아기띠로 아이를 안는다. 졸리면서도 자지 않으려는 아이와 사투를 벌인다. 아이는 자고 싶지 않다. 몸은 졸리지만, 더 놀고 싶다. 아이의 몸부림을 받아주면서, 한순간 잠에 빠질 수 있도록 다양한 시도를 한다. 최대한 편하게, 그러면서 기분 상하지 않게. 타이밍이 중요하다. 아이와 밀당을 한다. 심장박동 소리가 녹음된 자장가 음반의 도움을 받기도 하고, 아이의 시선이 멈추지 않게 최대한 이동하지 않은 상태에서 리듬을 맞춘다. 그렇게 이 자세 저 자세, 이 방법, 저 방법을 시도하다가 간신히 재웠나 싶을 때 터지는 아이의 울음.

'아니야, 나 안 잤어. 무효야 무효!'

이 자세, 저 자세 바꿔가며 처음부터 다시 시작. 아이를 재우는 건 언제나 전쟁이다. 간신히 아이가 잠들면 잠시 찾아오는 휴식 시간, 그런데 아이의 자세가 조금 불편해 보인다. 자세를 바꿔주고 싶지만 조금만 건드려도 깰 것 같아서 일단 기다려 본다. 좀 더 깊게 잠들 수 있도록. 원래부터 아이가 잘 수 있는 최

그래도, 육아대디

적의 자세란 없었다. 잠과의 사투를 벌이다 간신히 잠든 자세가 최상의 자세. 부모의 자세는 거기에 맞춰진다. 자세가 불편하면 어떠한가, 아이가 잠든 것만으로도 감사할 따름이다. 간신히 한 손으로 스마트폰을 쥘 수 있다면 아주 운이 좋은 케이스이고, 이 자세로 커피까지 마실 수 있으면 '계 탄 날'이다. 한마디로 땡큐다.

아이를 안은 부모들이 스마트폰을 보는 이유를 알겠다. 아이를 몸에 붙이고, 그나마 자유롭게 할 수 있는 게 스마트폰이기 때문이다. 내게는 성능 좋은 작업용 맥북이 있지만, 요즘에는 아이폰으로 작업을 한다. 글도 쓰고, 사진이나 영상도 편집하고. 물론 더 정교한 작업은 맥북으로 하지만, 일부러 아이폰으로 하는 작업에 적응하고 있다. 아이를 돌보면서 생기는 아주 잠깐의 시간에 내게 허용된 건 손안에 들어오는 아이폰뿐이다. 아이폰으로 최대한 많은 작업을 하고 맥북으로 마무리하는 방법을 택했다. 때에 따라서는 아이폰으로 마무리하기도 한다. 짧은 시간 안에 최대한 많은 것을 해야 했다. 아이는 절대 내 계획대로 움직여 주지 않으니까.

글은 무조건 아이폰으로 시작한다. 맥북으로 옮겨 몇 차례 수정 과정을 거쳐 완성하지만, 시작은 늘 아이폰이다. 글을 쓰다 보면 간혹 거창해지고 힘이 들어갈 수도 있는데, 아이폰으로 작업하면 글이 간결하고 가볍다. 가장 큰 이유는 시간이 없기 때문이다. 아이가 언제 깰지 모르는 상황에서 느긋한 작업은 불가능하다. 잠깐 시간이 난 것도 그저 감사할 일이다. 이제는 화면을 보지 않고도 오타 없이 글을 쓸 수 있다.

홈쇼핑, 인터넷, 모바일 쇼핑이 늘었다. 집 안에 필요한 것들, 아이를 위해 준비할 것들은 많은데 시간이 없다. 아이를 데리고 집 앞 슈퍼에 나가서 간단한 식재료를 사는 것도 꽤 많은 준비와 노력이 필요하다. 간단한 쇼핑? 나가기 전 준비와 다녀와서의 정리가 더 오래 걸린다. 아이가 등에서 잠이 들면 슬며시 휴대폰을 꺼내 들고 쇼핑을 한다. 어쩔 수 없다. 언제 끝날지 모르는 짧은 시간에 많은 것을 해야 한다. 겉치레는 필요 없다. 짧고 굵게, 싸고 간편하게. 육아는 시간과의 싸움이다. 늘 바쁘다.

그래서 육아 아이템은 간편해야 한다. 준비 동작이 적어야 하고, 언제나 몸에 붙어 있어야 한다. 그리고, 한 손으로 컨트롤할 수 있어야 한다. 보통 아이를 한쪽 팔로 안고 있는 경우가 많기 때문이다. 해 보기 전에는 몰랐다. 해 봐야 알 수 있는 부분이더라. 정부 부처, 언론, 마케팅 회사 등 육아나 출산을 다루는 곳이라면, 그곳에 다니는 부모들은 모두 육아를 해야 한다. 아빠, 엄마 모두. 그래야 육아하는 사람의 눈높이에서 필요한 것들을 만들 수 있다. 육아를 할 때 왜 매일 똑같은 옷을 입게 되는지. 왜 똑같은 머리 스타일을 고수하는지. 왜 꾸미지 않고, 편안한 것들로 일상을 구성하는지. 해 봐야만 알 수 있다. 육아할 때는 나에게 좋은 것보다 아이에게 좋은 것. 나에게 편한 것보다 아이를 돌보기 편한 것들이 우선이다. 육아 아이템은 무조건 간

그래도, 육아대디

편해야 한다. 비싸고 예쁜 것보다 간편하고, 빠른 것이 가장 중요하다. 육아는 시간과의 전쟁이니까.

덧붙이는 이야기

우리 딸은 효녀다. 이 글을 아이폰으로 마무리 짓고, 맞춤법 검사까지 마치자 잠에서 깼다. 굿 타이밍! 이것이 바로 부녀간 환상의 호흡이 아닐까?

인생에서 가장
치열한 날들

재수 학원에는 특유의 분위기가 있다. 인생에서 가장 찬란하고 아름다운 시기, 소위 청춘이라 불리는 스무 살. 대학 신입생과 같은 나이, 비슷한 과정으로 공부하다가 인생에서 첫 실패를 경험한 이들. 누가 봐도 아름다운 청춘이지만, 묘한 느낌의 긴장 속에 살아가는 이들. 나 역시 그들과 같은 재수생이었다.

수능 답안지를 밀려 썼다. 대부분 과목의 성적은 상위 1~2%. 언어영역만 상위 49%였다. 가장 자신 있었던 언어영역이었다. 유독 언어영역에서만 가채점과 25점 차이가 났다. 선택의 여지는 없었다. 고등학교 졸업식 다음 날부터 재수 학원

그래도, 육아대디

에 등원했다. 학원은 강남역에 있었다. 서울에서 가장 번화한 지역. 고등학교 때 모의고사나 중간·기말고사가 끝나면 한껏 멋을 부리고 영화를 보러 갔던 강남역. 재수 학원은 강남역에 마치 섬처럼 있었다.

매일 아침이면 직장인과 대학생이 섞여 어디론가 걸어갔다. 대학생은 버스를 갈아탔고, 직장인은 테헤란로를 향했으며, 우리는 골목으로 들어갔다. 그 골목 끝자락, 언덕에는 학원이 있었다. 우리를 대학생과 구분하기는 어렵지 않았다. 우리는 도시락을 들고 다녔다. 담배를 피우지 않았지만, 저녁을 먹으면 옥상으로 올라갔다. 철조망 너머, 한 블록 떨어진 곳에 유난히 화려한 불빛이 보인다. 번화가였다. 우리 또래의 대학생들이 술을 마시고 있을 그곳. 그 모습을 상상하는 것만으로도 위안이 됐다. 또래의 친구들과 가까이 있는 것만 같았다.

강남역이 가장 화려해지는 밤 10시, 야간 자율학습이 끝나는 시간이었다. 무채색의 우리는 투명인간처럼 집으로 향했다. 몇몇은 술을 마시기도 했다. 힘든 시기였다. 외롭고, 불투명한. 나는 집으로 가기 전 독서실에 들러 독서실이 문 닫는 새벽 2시까지 공부를 했다. 입에서 단내가 났다. 단내가 날 때까지 버텼다. 2시가 넘어 집으로 향할 때 하늘을 보면 별들이 유독 반짝였다. 내 인생에서 가장 치열했던 시기였다. 내 인생에서 가장 행복했던 순간이기도 했다.

"지난 1년을 단 하루도 허투루 보내지 않았던 것 같아."

윤슬이를 만나기 며칠 전 아내가 말했다. 그 당시에는 '봄이'였던 윤슬이의 존재를 알고 나서 하루하루 모든 것을 통해 윤슬이를 느끼고 생각했다는 아내. 몸으로 반응하고, 몸으로 기억하는 날들이 힘들지만 행복했다고 했다. 나는 느낄 수 없는 것들. 나를 제외하고, 아내와 윤슬이 사이에 비밀스러운 교감이 있는 것만 같아 한편으로는 부러웠다.

육아휴직을 시작하고 온전히 아이에게 집중하는 시간. 몸의 모든 세포, 오감을 아이에게 맞췄다. 때로는 두렵다는 생각이 들 정도로 아이를 위한 시간이 이어졌다. 힘들기도 했다. 무섭기도 했다. 그만큼 귀했다. 아이가, 그 시간이. 그러면서도 아이의 웃음을 보면 두려움과 피곤함이 일순 풀어지곤 했다. 24시간이 각성의 시간이었다. 힘든 만큼 행복도 컸다. 오로지 아이만을 보며 아이에게 집중했던 시간, 다시는 돌아오지 못할 시간. 아이가 클수록 조금씩 수월해졌지만, 아이가 크는 것이 아깝기도 했다.

'조금만 더 천천히 자랐으면….'

육아휴직은 휴식 기간이 아니다. 아이를 키우는 시간이다. 그러려면 준비가 필요했다. 아빠로서, 부모로서. 물론 앞으로의 시간이 더 힘들 수도 있다. 그러나 온전히 집중한 후 오는 보람은 말로 표현할 수 없다. 아이를 키우는 건 그만큼 가치 있는 일이다.

때로는 나도 모르게 불안했다.

'돌아갈 수 있을까?'

일종의 열등감 비슷한 불안함이 몰려왔다. 아이를 업고, 재우면서 잘나가던 시절 생각도 났다. 최초, 최장수 MC상을 받으며 승승장구하던 때. TV에 등장하는 다른 사람들과 나를 비교하며 스트레스를 받기도 했다.

"난 지금 뭐 하고 있는 거지?"

그러다가도 아이가 잠만 잘 자도 기뻐하는 나를 발견한다. 아이가 똥만 잘 싸도 대견해하고, 살짝 웃어만 줘도 행복한 나를 발견한다. 욕심이 줄었다. 아니, 욕심의 종류가 바뀌었다. 감사의 종류가 바뀌었다.

아나운서, 마이크, 카메라, 조명, 메이크업, 헤어, 무대, 관객, 환호, 화려함. 하지만 집에 돌아오면 찾아오는 견디기 힘든 공허함. 화려할수록, 혼자의 외로움은 컸다. 카메라 앞에 서거나 따가운 조명을 받을 일이 없는 요즘, 나는 아무것도 바르지 않는다. 그동안 나는 어울리지 않게 거울을 너무 많이 보고 살았다. 거울 속의 내가 마치 진짜 나인 것처럼 그렇게 카메라 뒤에 숨었는지도 모르겠다. 그러나 지금은 거울 속의 나 대신 눈앞의 윤슬이를, 바로 옆의 아내를 바라본다. 그냥 있는 그대로의 나로 카메라 대신 윤슬이를 만난다. 소소하고, 또 은은하게 빛나는 날들. 아이의 옹알이 미소 한 번이면 행복하다. 오늘에 집중한다. 정말 치열하게. 하루하루 확실한 행복에 대한 집중. 그 행복을 만들어가는 과정에 대한 집중. 남이 아닌 나의 평가, 가족의 사랑에 집중하는 시간이다.

내일 걱정은
내일 하는 삶

"잘 지내?"

오랜만에 연락한 친구는 내 걱정을 하고 있었다. 친구의 말에 한참을 생각했다.

'나는 지금 잘 지내는 건가?'

잘 지낸다는 기준을 잘 모르겠다. 어떻게 지내면 잘 지내는 걸까? 기준이나 정답이 있을까? 참 뻔한 질문의 뻔한 대답인데 한참을 고민했다. 예전에는 습관처럼 묻고 습관처럼 답하던 것이 지금은 한참을 생각할 만큼 나에게 중요해졌다.

결국, 잘 지낸다고 답했다. 정말이다. 나는 잘 지내고 있다.

그래도, 육아대디

그 어떤 순간보다도 아주 잘. 그냥 별일 없이 산다. 별걱정 없이 산다는 게 정확한 표현일 것이다.

요즘에는 알람 없이 일어난다. 새벽 뉴스를 진행할 때는 알람을 7~10개 정도 맞췄다. 첫 알람에 일어나긴 했지만, 그래야 안심이 됐다. 기상과 동시에 생방송 준비가 시작된다. 씻고, 먹고, 이동하고, 출근하고, 메이크업하고, 머리를 만지고, 옷을 입고, 원고를 확인하고, 앵커 멘트를 작성하고, 마이크 테스트와 리허설을 하고, 시간에 맞춰 생방송에 들어간다. 한 치의 오차도 없이 착착 진행되어야 하는, 늘 긴장하는 삶. 잠자는 순간도 방송의 연장이었다. 방영 시간 외에도 방송은 멈추지 않는다. 남들이 보지 않는 그 순간에도 계속된다. 그래서 마음 편히 잠들 수 없었다. 중간중간 불안함에 깨는 것도 다반사였다. 생방송이 직업인 사람들에겐 어쩌면 너무나도 당연한 직업병. 숙면이 늘 그리웠고, 알람에 의존했다. 그런데 요즘 알람 없이 잠을 깬다. 아이의 뒤척임이 곧 알람이다. 세상에서 가장 행복한 모닝콜.

새벽 6시. 아내의 휴식을 위해 잠시 아이를 데리고 거실로 간다. 잠이 덜 깬 상태로 커피를 내리고 영화 한 편. 아이가 9시까지는 자야 그날 컨디션이 좋기 때문에 최적의 자세를 만들어 쉴 수 있게 해 준다. 영화를 보면서 몸을 계속 움직인다. 리듬 타기. 아침 운동이다. 아내가 일어나면 가벼운 식사를 하며 아내에게 아침에 본 영화 얘기를 시작으로 이런저런 사는 얘기를 한다. 그리고 이어지는 질문 하나, "오늘 뭐 할까?" 계획 없는 하루의 연속. 남들은 오늘부터 연휴라지만, 우리에게는 매일이 연휴다. 몸이 찌뿌둥하면 일산 호수 공원을 한 바퀴 돈다. 러닝도 하고 자전거도 타고. 가끔은 아내와 아이와의 산책. 일산으로 이사 와서 가장 좋은 것은 집 바로 앞에 호수 공원이 있다는 것이다. 여유와 낭만이 있는 삶, 경쟁과 압박이 없는 삶, 다음을 계획하지 않아도 되는 지금을 충분히 즐긴다.

'우리 인생에서 이렇게 온전히 아이와 가족, 우리에게만 집중할 수 있는 시간이 있을까?'

아내는 직장을 그만뒀다. 나도 동의했다. 돈은 언제든지 벌수 있지만, 시간은 그렇지 않으니까. 지금 우리는 모두 직장이없는 상태, 출근을 안 해도 된다. 당장 생활비가 걱정이었지만 상관없었다. 내일 걱정은 내일 하기로 했다. 오늘에 충실하기로한 삶. 지금은 그저 걷는 것에, 아내에게, 아이에게만 집중하면된다. 천천히, 속도를 맞추면서. 눈을 마주치고, 함께 웃으면서. 가다가 힘들면 쉬기도 하고, 우리 식으로. 중요한 건 우리가 지금 여기 함께 있다는 것. 적어도 지금 다른 고민은 없다. 물론 앞으로의 일은 모르는 일이지만, 그 고민은 그때 하는 것으로.

우리 부부는 아이와 낮잠을 자고, 음악을 듣고, 산책을 한다. 함께 밥을 먹고 담소를 나누며, 돌아가면서 설거지와 집안일을 함께한다. 아이는 번갈아서 돌본다. 원래도 잘 맞았지만, 아내와 환상의 팀워크를 다시 확인한다. 둘 중 한 명이 아이를 보면 한

그래도, 육아대디

명은 옆에서 책을 보거나 스마트폰을 한다. 공부나 작업을 해도 서로가 보이는 범위를 벗어나지 않는다. 종종 서로를 바라보며, 아이도 확인하면서. 가벼운 농담을 하고, 밀렸던 음악을 듣는다. 특별히 직접 내린 드립 커피를 아내에게 선물하면 아내는 커피 향처럼 부드러운 미소를 짓는다. 밖에서 어린이집, 학교를 마친 아이들의 웃음소리가 들려온다. 4시구나. 소리로 시각을 가늠한다. 분 단위로 시계를 확인하던 때가 있었는데, 지금은 시계에서 자유로워졌다. 시계를 보지 않아도 알 수 있다. 지금이 언제쯤인지. 아이는 생각보다 규칙적으로 움직인다. 그런 아이에 맞추다 보니 우리 일상에도 일정한 패턴이 생겼다.

해가 저물면 뉴스를 보고, TV를 보고, 음악을 듣고, 아이를 씻기고, 소소한 얘기를 나누다 스르륵 잠드는 하루. 별일 없는 하루의 반복, 별일 없이 잘 사는 하루. 잔잔하고 바쁘지 않아서 더 많은 것을 알아간다. 가족, 아이, 아내를 더 알아간다.

'어떻게 하면 더 사랑할 수 있을까?'

37세 봄, 지금의 난 별일 없어서 참 행복하다. 난 지금 잘 지내고 있다. 아주 잘.

엄마가
서운하지 않게
딸을 사랑하는 법

장면 #1 딸에게 아빠가

윤슬아. 아빠가 윤슬이 정말 사랑해!
그리고 너를 만나게 해 준 엄마를 조금 더 사랑해.
그건 네가 이해해야 해.

원래 난 표현을 잘 못하는 사람이었다. 더 정확히 말하면 표
현하는 법을 배우지 못했다. '고맙습니다', '죄송합니다'라는 말

은 잘했지만, '사랑한다'라는 표현은 배워본 적이 없다. 쑥스러
웠다. 아무리 노력해도 자연스럽지 않았다. 표현은 타이밍이라
는데, 타이밍도 늘 놓쳤다. 어렵게 꺼내도 안 하니만 못한 상황
이 되고 만다. 표현도 능력이다. 아무나 잘할 수 없다.

　나와 반대로 아내는 사랑 표현에 익숙한 사람이다. 솔직했
다. 특히 자신이 '좋아하는 것'에 있어서는 거침이 없었다. 부럽
기도 했고, 대단하다는 생각도 했다. 아내는 표현이 서툰 나에게
종종 서운함을 나타냈다.

　"나중에 아이가 태어나도 그럴 거예요?"

　아내를 만나고 난 서서히 달라지기 시작했다. 달라지려고
노력했다. 옆에서 아내는 코치가 되어주었다. 자신에게 '사랑한
다'고 자연스럽게 말하는 연습을 시켰다. 그 어떤 코치보다 진
지하고 단호했다. 사랑하는 아내에게 사랑한다고 말하는 게 왜
그렇게 어려운지…. 표현도 연습이 필요했다.

　'내 마음은 안 그런데 왜 몰라주니?'

　당연히 표현하지 않으면 모른다. 남의 마음을 읽을 수 있는
사람은 없다. 내가 정말 좋아하고 존경하는 강승원 형님의 히트
곡 '말하지 않아도 알아요~'는 현실이 아니다. 말을 안 하면 상
대는 절대 알 수가 없다. 서툴지만 열심히 노력했다. 정말 피나
는 노력.

　처음에는 꼼수도 써봤다.

　"좋아하는 마음을 과일로 표현할게. 과일이 클수록 마음도

큰 거야. 그런 의미에서 오늘은 수박이야."

당시 어이없어하던 아내의 표정을 잊을 수 없다. 마음을 솔직하게, 직접 표현하는 게 가장 좋은 방법이다. 정공법. 꼼수는 안 통했다. 아내는 냉정하게, 정석으로 날 훈련(?)시켰다. 연습하고 노력하니 점점 익숙해졌다. 덕분에 아이에게도 자신 있게 말한다.

"윤슬아, 아빠가 오늘도 사랑해."

알아듣지 못하고, 알아보지 못하는 것 같지만 아이는 부모의 표현을 다 느낀다고 한다. 말을 모를 뿐 말투와 억양, 표정으로 다 안다고 한다. 미리 연습이 필요한 이유였다. 아이와 계속 눈을 마주치고 끊임없이 반응하며, 아이에게 감정을 전달한다. 아이는 느끼고 있으니까.

"사랑해."

"예쁘네."

"잘했어요."

나는 비록 서툴렀지만 윤슬이는 표현에 익숙한 아이가 됐으면 하는 마음에 오늘도 끊임없이 내 마음을 표현한다. 진심을 담아, 솔직하게.

"윤슬아. 아빠가 윤슬이 정말 많이 사랑해. 윤슬이를 너무 사랑하지만 그래도 아빠는 너를 만나게 해 준 엄마를 조금 더 사랑해. 엄마랑은 평생 같이 살아야 하니까."

#장면 2 아내에게 남편이

"아무래도 나보다 윤슬이를 더 사랑하는 것 같은데."

'윤슬아, 아빠가 윤슬이 정말 사랑해! 그리고 너를 만나게 해 준 엄마를 조금 더 사랑해.'라는 글을 본 아내가 갑자기 말했다. 아무런 준비 없이 훅- 들어온 아내의 귀여운 공격. 1초의 망설임도 없이 말했다. (망설이면 곤란하다)

"윤슬이는 지금 일시불로 받는 거니까 잠깐 많아 보이는 것뿐이고, 여보는 평생 연금으로 이자까지 받는 거야. 따져보면 여보가 더 많지."

눈을 가늘게 뜨며 심통이 난 표정을 짓던 아내가 비로소 웃는다. 좋아. 자연스러웠어. 오늘도 가정의 평화를 지켰다. 애정 표현에는 노력도 필요하지만, 순발력도 중요하다. 모든 것은 타이밍이 생명이니까.

독박육아는
없다

독박육아. 나는 책임 없다. 전적으로 네가 책임져라. 이제부터는 네 몫이다. 육아를 하는 사람 입장에서 온전히 내가 뒤집어썼다는 느낌이 드는 단어다. 너무나도 명확하게 선을 긋는 느낌. 아무리 생각해도 육아와 독박은 어울리지 않는 조합이다.

독박
화투 놀이의 하나인 고스톱에서, 먼저 점수를 얻어 고를 부른 사람이 이후 다른 사람의 득점으로 인해 혼자서 나머지 사람의 몫까지 물도록 하는 법칙.

그래도, 육아대디

부르지 말아야 할 상황에서 (주제넘게) 원 고, 투 고를 외친 책임이 비로소 독박으로 돌아온다. 낄끼빠빠(낄 때 끼고 빠질 때 빠져야 한다)를 일깨우는 인생의 진리다. 그래도 화투 놀이에서는 내가 '고'를 외친 것에 대한 책임이 명확하다. 다른 사람이 났을 경우 '뒤집어쓴다'는 사실도 이미 알고 있다. 그럼에도 고를 선택한 책임이 독박이다. 억울하지는 않다. 자신의 잘못된 선택이고, 당연한 대가이니. 그렇다면, 소위 독박육아를 하는 우리는 과연 어떤 잘못된 선택을 한 걸까?

아이와 둘이 있으면 이따금 무섭고 두려울 때가 있다. 나만 바라보고 있는 이 미약한 존재가 부담으로 느껴질 때, 그리고 아이에 대한 책임이 온전히 나만의 몫이라는 생각이 들 때다. 아이와의 시간이 평온하고 행복하지만, 그런 생각이 들면 무서워진다.

아내가 출근하면 아이와 나, 둘만의 시간이다. 육아와 집안일을 하느라 쉼 없이 움직이다가 오후가 되면, 몇 시간 후에 아내가 돌아온다는 생각만으로 마음이 편해진다. 종종 아내가 퇴근 후에도 집에서 일을 해야 할 때가 있다. 이럴 때면 육아는 온전히 내 몫이 된다. 하지만 아내가 집에 있다는 것만으로도 안심이 된다. 나 혼자만의 책임이 아니라는 편안함. 아무것도 해주지 않아도, 그저 존재만으로도 힘이 된다.

마음이 안정되니 아이와의 시간이 행복하다. 고요한 행복. 세상 누구도 아닌 아이와 나, 둘만의 시간. 새근새근 숨소리에 집중한다. 콩닥콩닥 심장 소리를 나누는 시간이다. 볼을 통해 아이의 온기가 느껴진다. 행복하다.

결국, 마음먹기에 달려 있다. 아빠든 엄마든 어느 한쪽이 홀로 아이를 봐야 한다면, 그 사람의 마음을 편하게 해 주면 된다. 그래야 아이에게도 그 편안함이 전달된다. 회사에 있지만 함께 있다고 느낄 수 있게, 약속이 있으면 미리 연락해서 아이의 상황을 살피고, 밖에서 일이 있을 때는 언제쯤 들어간다고 알려준다. 혼자 뒤집어썼다는 느낌이 아닌 언제라도 함께하고 있다는 느낌이 들도록. 그거면 된다. 혼자라는 느낌이 들지 않도록.

육아를 더 즐겁게 하기 위해 부부는 대화를 많이 해야 한다. 힘든 감정을 표현하고, 그 감정을 어루만져줄 수 있어야 한다. 혼자는 못한다. 육아에서 독박은 있을 수도 없고, 있어서도 안된다. 서로 힘이 되는 방법들도 함께 연구해야 한다. 부부가 함께 육아를 하더라도 성격과 성향에 따라 잘하는 영역이 조금씩 다르다. 서로 잘하는 것으로 역할을 나누면 수월하다. 육아에서 엄마들이 힘들어하는 부분인데 의외로 아빠들은 쉽게 할 수 있는 영역이 분명히 있다. 물론 그 반대의 경우는 더 많겠지만. 부부가 함께 연구하고 의견을 조율하다 보면 육아를 훨씬 더 즐겁게, 수월하게 할 수 있다. 육아는 혼자만의 책임이 절대 아니기 때문에 부부는 서로를 보완해 주는 환상의 복식조가 되어야 한다. 육아에 대화가 필요한 이유, 적극적인 참여가 필요한 이유다.

그래도, 육아대디

어느 날
로또에
당첨됐다

좋은 꿈을 꿨다. 돈 들어오는 꿈이다. 아내에게 조심스럽게 말했는데 아내가 놀란다. 자기도 같은 꿈을 꿨단다. 같은 날 같은 종류의 꿈을 꾼 것이다. 혹시라도 누가 들을까 우리끼리 속닥속닥. 밖으로 새어나갈까 봐 우리끼리 소곤소곤. 결국, 집 근처 전국에서 당첨 확률이 네 번째로 높은 명당에서 복권을 샀다.

우리 부부는 원래 일확천금과는 거리가 먼 성향이다. 복권은 고사하고, 주식이나 펀드도 하지 않고 오로지 저축. 주식이나 투자에 신경 쓸 시간에 미래를 위한 공부를 하자는 주의다. 버는 만큼 쓰고 남는 만큼 저축하는 스타일이다. 카드도 쓰지 않아서 체크카드나 현금으로 쓰고 남으면 또 저축한다. 다행히 소비 성향과 저축 스타일이 닮아서 큰돈은 아니어도 차곡차곡 모아서 집도 마련할 수 있었다. 우리의 이러한 성향을 누구보다 잘 아는 부모님과 장인어른, 장모님은 큰 기대도 안 하시지만 큰 걱정도 하지 않으신다. 네 분은 입을 모아 말씀하신다.

"너희는 큰돈은 못 벌어도, 부족하게 살지는 않을 거야."

그런 우리가 복권을 샀다는 건 우리에게는 엄청난 사건이었다. 너무도 좋은 꿈을 동시에, 명확하게 꿨으니 뭐라도 하긴 해야 했다. 부모가 되니 이런 경험도 해 본다며 우리끼리 하하호호. 일종의 일탈이었고, 경험이었다. 복권 명당을 찾았다. 줄이 길었다. 우리는 손을 잡고, 아기띠를 한 채 줄에 합류했다. 좋은 꿈을 꾼 티가 나지 않게 태연하게 행동하기로 했다. 자동과 숫자 선택의 기준을 몰라 고민하는 바람에 뒤에 서 있는 분들이 짜증 섞인 투정과 함께 방법을 알려주신 건 비밀이다. 꿈 얘기는 함부로 하면 안 된다 하니 조용히, 아무도 모르게 복권 명당 앞에서 우리끼리 기념사진을 찍었다. 윤슬이도 함께 가족사진으로.

일주일 남짓의 시간 동안 참 많은 생각을 했다. 나는 공부를 더 하고 싶었고, 아내는 일단 저축을 하자고 했다. 현재 우리에게 딱 맞는 공간인 집이 있으니 큰 욕심은 부리지 말고 저축하자는 의견이었다. 사실 내가 공부를 하고 싶어 한 것도 미래를 위한 일종의 투자인 셈이니 복권에 당첨돼도 쓰고자 하는 방향

그래도, 육아대디

은 비슷했다. 지금과 다르지 않은 삶이 이어질 것이라는 확신이 들었다. 복권에 당첨된 후에도 우리는 계속 겸손하자고 다짐했다. 남들이 눈치채지 못하게. 갑자기 회사를 그만두면 의심할 수 있으니 일도 계속하는 것으로 합의를 봤다. 상상만으로도 행복했다.

당첨번호가 발표되는 토요일. 이게 뭐라고, 가슴이 두근거렸다. 결과는 숫자 3개가 맞아서 5,000원 당첨. 본전이다. 우리는 복권이 아닌 돈으로 받았다. 상상하고 행복한 거로 만족하기로 했다. 노력 없는 행운은 이걸로 충분하니까.

생각해 보면 우리 부부에게는 딱 그만큼의 행운이 좋은 것 같다. 우리가 감당할 수 있는 행운. 감당 못할 큰 행운이 갑자기 찾아오면 지금의 이 행복이 흐트러질 수도 있다는 생각을 했다. 불확실함에 대한 보상으로 오는 수십억의 행운보다는 지금 당장 확실한 행복이 내게는 더 중요하다. 미래를 담보로 현재에 충실하지 못한 것은 무의미하다. 큰 욕심 부리지 않고 하루하루 내가 할 수 있는 만큼 열심히 노력하면서 적어도 그만큼의 대우와 보상이 보장되는 삶. 중간중간 빈틈이 있어서 미래를 준비하고, 가족의 생각과 미소를 나눌 수 있는 삶.

소소하고 은은하지만, 항상 빛나는 삶. '윤슬'이란 단어처럼 그렇게 우리의 오늘도 빛나면 좋겠다. 어쩌면 그 꿈이 가져다준 건 당첨금이 아닌 지금 이 생각에 대한 확신일지도 모르겠다. 지금 이 행복에 대한 아주 강한 확신.

내 꿈은
좋은 아빠였다

집에 들렀다가 어릴 적 일기를 봤다. 어릴 적 내 꿈은 좋은 아빠였다. 아이가 자랑스럽게 말할 수 있는 아빠. 우리 아버지나 장인어른처럼 '닮고 싶은 아빠'가 되는 것이 꿈이었다. 보통은 어떤 직업이나 직함을 적는데, 왜 난 좋은 아빠라고 적었을까? 그때부터 존경하는 인물에 부모님을 적은 것으로 봐서는 당시 난 집에서 느낀 행복한 감정이 참 좋았던 것 같다. 어렸을 적부터 내겐 가족이 중요했다. 그 어떤 것도 가족보다 우선일 수 없었다. 우리 부모님이 그랬듯이. 어쩌면 그때부터 내 육아휴직은 정해져 있던 게 아닐까? 그땐 '아빠의 육아휴직'이라는 단어

그래도, 육아대디

조차 생소했겠지만.

그런데 직접 아빠가 되어보니, 좋은 아빠가 되는 게 보통 어려운 일이 아니다. 육아를 해 보니 더욱 잘 알겠다. 자랑스러운 아빠, 좋은 아빠는커녕 보통 아빠가 되기도 쉽지 않다. 모든 것이 처음이다. 서툰 것투성이다.

"아빠가 미안해."

윤슬이와 둘이 있을 때 내가 가장 많이 하는 말이다. 몰라서, 서툴러서, 느려서 미안할 뿐이다. 답답함에 찡찡거리고, 투정 부리는 것밖에 할 수 없는 아이를 보면서, 아이가 원하는 것을 정확하게 알지 못해서 눈물을 뚝뚝 흘리는 아이를 보면 매우 서럽다.

그러다가 운 좋게 아이가 원하는 것을 해 주면, 아이는 언제 그랬냐는 듯이 방긋방긋. 서러웠던 마음이 눈 녹듯 녹아내린다. 식상한 표현이지만 정말 그렇다. 육아에 특별함은 없다. 안정적이고 보편적인 것만 하기에도 벅찬 게 육아다. 남들처럼만 할 수 있다면 다행이다.

윤슬이를 아기띠로 안고 재우다가, 혹시라도 윤슬이가 깰까 봐 조심조심. 그러다 발끝을 콩! 너무 아파서 눈물이 찔끔 나는 순간, 오히려 놀라서 울고 있는 윤슬이를 달랜다.

"놀라게 해서 미안해."

욱신거리는 발끝을 움찔거리며 아이를 달래는 나를 보며, 그래도 조금은 아빠가 되어가고 있다고 느낀다. 아이가 태어난다고 무조건 아빠가 되는 것은 아니다. 아빠가 되기 위해 해야 할 일들이 있고, 경험해야 하는 것들이 있다. 느껴야 할 감정도 있다. 교감도 필요하다. 아이와 보내야 할 절대적인 시간이 필요하다는 말이다. 군대에 가서 이등병이라도 되려면 훈련병 시절이 꼭 필요하듯, 아빠가 되려면 훈련이 필요하다. 그래야 좋은 아빠가 될 자격이 생긴다. 훈련을 거친다고 좋은 아빠가 되는 게 아니라, 비로소 자격이 주어지는 것이다. 아이는 스스로 크지 않으니까. 그런 의미에서 육아휴직은 좋은 방법이다. 시간을 많이 줄일 수 있다. 아이와 함께할 수 있는 절대적인 시간이 주어지니까. 물론 어떻게 쓰는지는 각자의 몫일 테지만.

육아, 참 어렵다. 내 맘 같지 않아서 어렵다. 하면 할수록 어렵다. 해 보니 더 느껴진다. 그래서 꿈을 바꾸기로 했다. 자랑스러운 아빠, 좋은 아빠까지는 아니더라도, 적어도 포기하지 않는 아빠가 되고 싶다는 생각. 육아에서 가장 어려운 게 '기다려 주는 것'이라지. 윤슬이의 속도에 맞춰서, 조금 느리더라도, 기다렸다가 함께 발맞춰 가는 아빠. 기다림에 익숙한 아빠가 되고 싶다. 빨리 가는 것보다 조금 천천히 가더라도 지나는 길에 피어 있는 꽃을 보며, 함께 이름을 익힐 수 있는 아빠. 아이의 작은 행동과 시작을 함께하면서 응원하고 박수치는 아빠. 비가 오는 하굣길, 가끔 우산을 들고 기다리는 아빠가 되고 싶다.

그래도, 육아대디

06

복직, 육아휴직의 연장선

#복직

#내가사랑하는방법

#내가꿈꾸는가정

#물려주고싶은풍경

#다툼

#애플프로젝트

#딸바보아빠가딸에게부르는노래

"이것이 바로, 가장의 무게!"

선택적 편애,
좁고 깊은
인간관계

'올해 보내주신 성원에 감사드립니다. 내년에도 잘 부탁드립니다.'

어김없이 오는 연말 단체 문자. 이름만 바꿔 보내는, 때로는 이름조차 적지 않은 영혼 없는 그 문자. 스팸 문자를 받는 느낌이랄까? 문자를 읽고 나서 짓게 되는 쓸쓸한 미소. 그리고 밀려오는 난감함. 그래도 생각해서 보낸 문자일 텐데 답장을 안 보내기도 그렇고, 대답 없을 게 뻔한 문자에 답을 하자니 벽에다 말하는 느낌이고. 한참 그렇게 고민이 이어진다. 크리스마스를 지나 새해가 밝을 때까지 반복되는 연례행사.

복직, 육아휴직의 연장선

아는 사람이 많은 편이다. 친한 사이가 아닌 그냥 아는 사람. 아는 사람이 많다고 늘 주변에 사람이 많은 건 아니다. 아는 사람이 많은 것과 주변에 사람이 많은 건 조금은 다른 얘기다.

아는 사람이 많은 건 득일까, 독일까? 시간이 흐를수록 관계에 대한 태도와 생각이 바뀌는 게 느껴진다. 넓고 얕은 인간관계에서, 좁고 깊은 인간관계로. 결혼하고, 아이가 생기면서 그 기준은 더 확고해졌다. 문자 몇 줄, 글자 몇 개가 아닌, 얼굴 보고, 목소리 듣고, 눈빛을 보고, 생각을 듣고, 함께 공감하고, 함께 울고 웃고, 깊게 알고 작은 것도 놓치지 않는 관계를 원하게 됐다. 선택적 편애, 시간과 에너지에 대한 선택과 집중을 하게 됐다.

주말 부부로 지내며 아이가 태어났다. 아이는 하루가 다르게 성장하는데, 주말에만 만나서는 아이가 크는 모습을 놓칠 것 같았다. 몸을 뒤집는 순간, 걸음마를 떼는 순간 등 아이 인생에서 중요한 순간을 함께할 수 없다고 생각하니 두려웠다. 과연 무엇을 위해, 누구를 위해 일을 하는 것인지, 진짜 소중한 것을 놓치고 있는 건 아닌지 고민이 시작됐다. 절실했다. 결국은 소중한 사람들과 잘 먹고 잘 살기 위해 일을 하는 건데, 당장 그 소중한 사람들과 함께할 수 없다면 무슨 의미가 있을까? 내일을 위해 오늘을 포기하는 실수는 하고 싶지 않았다. 현재를 담보 삼아 미래를 준비하고 싶지는 않았다. 내일이 아닌 오늘, 아니 지금 당장 잘 먹고 잘 살자고 다짐했다.

돌이켜 보면 내 인간관계는 바쁘게 살던 시간 뒤에 찾아오던 몇 번의 여유 속에서 재정립되곤 했다. 일명 인맥 솎아내기. 분주하기만 했던, 그래서 끌려다니는 느낌이 강했던 관계를 다시 정립하는 시간. 이번에는 육아휴직이었다. 육아를 하면서 소중한 사람들만 챙기기에도, 자세히 보고, 잘 듣고, 알아가기에도 시간이 부족했다. 분주하지 않고, 평온함 속에 느껴지는 만족감. 잔잔하면서 충실한 느낌. 적어도 그동안 내가 생각했던 인간관계와는 조금 다른, 그래서 더 집중할 수 있었던 시간. 난 이번에도 무언가를 계속 솎아내고 있었다. 그럴 기회를 얻었다. 육아휴직 덕분에.

　다른 사람과의 관계에서 느끼는 공허함과 가끔 느껴지는 '내 가치'에 대한 의문. 사회에서의 인간관계는 쉽지 않았다. 그러나 가족 안에서는 달랐다. 나는 꼭 필요한 존재였다. 아빠로서, 남편으로서, 가족으로서. 나의 가치를 새롭게 발견했다. 아침에 일어나 내 손길을 찾는 아이와 고생했다며 사랑스러운 눈빛을 보내는 아내. 이게 행복이구나. 나는 참 쓸모 있는 사람이구나. 아무것도 아닌 날 이렇게 빛나게 해 주는구나. 전에는 느껴보지 못한 아늑함과 평온함. 이 느낌을 어떻게 표현할 수 있을까? 그냥. 마냥. 주체할 수 없이 행복한 느낌. 내 인생의 모든 것, 좋은 것, 나쁜 것, 뿌듯한 것, 부끄러운 것. 그 모든 것이 이 순간을 위해 존재한 것 같다. 윤슬이와 아내를 만나기 위해. 난 적어도 내 아이, 내 아내에게는 최고가 되고 싶다.

복직, 육아휴직의 연장선

가끔은
철들고 싶지 않은
마음

페이스북은 오늘도 알림으로 1년, 2년 전 과거의 사진들을 보여준다.

'저 때는 참 재미있게 살았네.'

가끔 그립다. 그때로 돌아가고 싶다는 생각이 들 때도 있다. 내일을 걱정하지 않던 날들이다. 혼자였고, 자유로웠다. 지금 당장 내 눈앞에 있는 사람들, 그들과 함께하는 지금만 보였다. 오로지 나만 생각하는 날들. 몸도 마음도 참으로 젊었던, 조금은 무모했던. 사진 속에는 지금과는 다른 예전의 내가 있었다.

아이를 만나고 달라졌다. 나보다는 아이를 먼저 생각했다.

아이와 아내, 가족이 만들어가는 평화로운 울타리를 먼저 생각하게 됐다. 취해 있으면 안 되겠다는 생각에 술도 멀리하게 됐다. 몸도 이에 응하는지 예전처럼 술을 마시고 싶어도 술이 먹히지 않았다. 가족으로 얻어지는 평화로운 감정에 대한 욕구가 이렇게나 강하다니…. 신기했다. 이제 '오빠가~'보다 '아빠가~'가 먼저 나온다. 그렇게 점점 나는 아빠가 되어가고 있었다.

오늘도 윤슬이는 무언가에 꽂혀 있다.

'장난감, 수건, 풀, 버클, 단추'

세상 진지하다. 오로지 그것과 나만 존재한다는 듯이. 내겐 별것 아닌 사물들이 아이에겐 별것이다. 그것만 있다면 다른 어떤 것도 필요 없다는 듯이 엄청나게 집중한다. 예전의 내 눈빛과 닮았다. 물론 금방 다른 것에 꽂히는 것은 비밀이지만. 그 몰입감이 부러웠다. 아주 작은 것에 몰입한 아이를 보면서 생각했다.

'나도 가끔은 예전처럼 놀고 싶다.'

물론 지금의 안정감과 행복감이 싫은 게 아니다. 그저 온전히 나만 생각했던 때가 그리울 뿐이다. 나에게만 집중할 수 있고, 마음껏 유치할 수 있었던 때에 대한 그리움이랄까? 이젠 돌아갈 수 없는 그 시절에 대한 욕구일 뿐이다. 물론 그 욕구를 실행할 용기는 없다.

어느 날 처남이 선물을 보냈다. 만화책이었다. 〈H2〉, 〈터치〉, 〈러프〉, 〈슬램덩크〉, 〈리얼〉 등의 만화책들. 소위 말하는 나의

복직, 육아휴직의 연장선

인생 만화들이었다. 오랜만에 설렜다. 많이 신났다. 책장 한쪽을 비우고 만화책을 채운 뒤 한참을 바라봤다. 그냥, 바라만 봐도 행복했다. 어찌 보면 철없어 보이는 모습. 하지만 나에게는 가끔 이런 시간이 필요했다. 거창하게 키덜트까지는 아니어도 게임, 만화, 사진 등 나를 망가뜨리지 않는 선에서, 내 역할을 방해하지 않는 선에서, 이 행복을 무너뜨리지 않는 선에서의 작은 일탈은 필요했다. 어쩌면 기계적으로 반복되는 일상에 대한 유치한 반항일 수도 있다. 하지만 언제든 돌아올 수 있기에 괜찮다고 위로한다. 내일을 준비하고, 오늘을 걱정하며, 가족과 그 울타리를 지키는 선에서의 철없음. 어릴 적 보던 만화에 빠져 그 시절로 잠시 돌아갔다가도, 만화책을 덮으면 바로 아빠로 돌아와 현실을 마주할 방법을 연구하기 시작했다.

　남자들은 평생 철 들지 않는다는 말이 있다. 그렇다. 아빠들은 철 들지 않는다. 억지로 철 들려고 해서도 안 된다. 가끔은 철 들지 않는 법을 연구해야 한다. 잠깐 일탈했다가도 금방 돌아올 수 있어야 한다. 그래야 아이의 눈높이에서 같이 놀 수 있다. 아이가 작은 것에 집중하듯, 아빠들도 작은 일탈로 아이와 함께하는 법을 배워야 한다. 힌트는 생활 속에 있다. 억지로 참으면 그게 더 문제다. 아빠는 엄마보다 더 쉽게 아이와 친해질 수 있다. 그렇게 믿자. 아이에게 한 걸음 더 다가가기 위한 훈련이라 치자. 모든 것은 아이를 위한 것, 아니 우리 가족을 위한 것이라고.

라테파파

부모에게도
멘토가
필요하다

나는 형이나 누나가 없다. 태어나보니 첫째였다. 친가, 외가를 통틀어도 첫째다. 그래서 늘 처음이었다. 사랑도 많이 받았지만, 그만큼 부담도 컸다. 늘 모범이 되어야 했다. 늘 잘해야 했다. 넘어져도 울 수가 없었다. 동생들이 보고 있으니까. 동생들을 달래야 하는데 내가 울고 있으면 안 되니까. 스스로 괜찮아지는 법을 익혔다. 진짜 괜찮다고 나를 다독였다. 감정을 표현하는 방법을 배우기 전에 감추는 법부터 배웠다. 그래서 지금도 감정표현이 서툴다. 한창 어리광부릴 나이에도 난 동생들을 챙기는 형이자 오빠였다. 돌이켜 보면 그때 난 절대 괜찮지 않던 것 같다.

복직, 육아휴직의 연장선

"용이형이 고려대에 합격했대."

나와 띠동갑인 먼 친척 형이 있다는 사실을 알게 됐다. 사실 형이라고 부르기엔 너무 먼 관계였다. 나이 차이도 크게 났다. 내가 초등학생일 때 형은 대학생이었다. 가끔 놀러 와서 챙겨주는 형이 참 좋았다. 물론 쑥스러워서 표현은 못 했지만. 형이 군대에 갔을 때 위문편지를 자주 썼다. 그때는 얼굴도 모르는 국군 장병 아저씨에게 위문편지를 쓰던 시절이었다. 형에 대한 애틋함보다는, 얼굴과 이름을 아는 국군 장병 아저씨에게 보내는 편지였다. 나에게 형은, 형이라기보다는 어른이자 선배였다. 먼저 연락하기 참 어려운. 그러면서도 늘 닮고 싶은.

형을 다시 만난 건 중학교 입학을 얼마 남기지 않은 겨울이었다. 그때까지 나는 학원에 다니거나 과외를 받아본 적이 없었다. 어머니는 형에게 과외를 부탁했고, 형은 흔쾌히 받아들였다. 성적이 비슷한 친구들과 팀을 짜서 1주일에 두 번, 형을 만났다. 형을 만나기 전 나는 그저 시험을 잘 보는 아이였다. 시험에서 답은 잘 맞히지만, 근본적인 문제 해결에는 관심이 없었다. 아무도 거기에 대한 문제점을 지적하지 않았다. 시험 결과는 늘 좋았으니까. 그땐 '뭘 배웠나'보다 '몇 개 틀렸나'가 더 중요한 시기였다. 하지만 중학교에 올라가면서 바닥이 드러나기 시작했다. 성적은 유지했지만, '왜 공부를 해야 하는지'는 모르는 상태. 형은 당장 문제풀이보다 '왜 공부를 하고 싶은가'를 물었다. 나는 그 질문이 시험 문제보다 더 어려웠다. 어쩌면 내 인생의 첫 번째 시험이었다.

20년이 흘러 형을 다시 만났다. 어쩌면 학창 시절보다 더 치열하게 내가 원하는 진짜 공부를 하는 시기. 미래에 대한 고민을 치열하게 하는 지금 이 시기에 내겐 선생님이 필요했다. 다짜고짜 형을 찾아갔다. 형 덕분에 공부의 재미를 알게 됐고, 공부의 의미를 찾게 됐으며, 하고 싶은 꿈을 찾아 열심히 달렸으니, 30대에 다시 찾아온 질풍노도의 시기에 다시 한번 답을 달라고 했다. 공부를 해야 하는 이유를 일깨워준 은인에게 AS까지 책임지라는 뻔뻔한 요구. 형은 20년 전처럼 묵묵히 내 얘기를 들어줬다. 나보다 더 반짝이는 눈으로.

'일과 가정의 공존'

육아휴직을 하는 아빠라면, 아니 가족을 사랑하는 아빠라면 누구나 공감할 만한 고민을 털어놨다. 형은 같은 아빠의 처지에서 공감하면서도, 객관적인 시각에서 자신의 생각을 이야기했다. 형은 내 상황에 맞는 여러 가지 가능성을 제시했고, 좋은 멘토를 소개해 주기도 했다. 지금 내가 하고 있는 고민과 걱정, 복직과 여러 가지 준비에 대해서도 함께 고민했다. 형과 대화를 나누다 보니 어렴풋하게나마 방향이 보이는 듯했다. 가족이기에 가능한 조언이었고, 그렇기 때문에 더 신중하게 받아들일 수 있었다. 조심스럽게 '복직'이라는 단어를 생각하게 된 건 형과의 시간 속에서 발견한 가능성 덕분이었다.

복직, 육아휴직의 연장선

"나중에 너도 후배들한테 이렇게 하면 돼."

진짜 선배는 이런 거구나. 일일이 설명하지 않고 묵묵히 자신의 등을 보여주면서 앞서 걸어가는 사람. 후배의 흔들리는 눈빛까지도 배려하는 사람. 고마웠다. 존재만으로. 학교를 졸업하고 취직을 하고, 결혼을 하고 부모가 되는 것으로 난 어른이 되었다고 생각했다. 하지만 형을 만나 알게 됐다. 이런 게 진짜 어른이구나. 지금 나에겐 선배가, 진짜 어른이 필요했다. 형은 자신의 실수와 두려움을 담담히 말했다. 너도 그럴 수 있으니 주의하라는 당부와 함께.

형은 윤슬이와 아내에 관해 물었다. 더 알고 싶어 했고, 보고 싶어 했다. 우리는 가족이었다. 멀리 떨어져 있어도 보이지 않는 무언가로 얽혀 있는 가족. 그래. 나에게도 형이 있구나. 억지로 괜찮다고 끙끙대지 않아도 되는구나. 비로소 안심이 됐다.

늘 형을 만나면 머리가 맑아지는 느낌이다. 그래서 다음 주에는 가족을 몽땅 데리고 형을 다시 찾을 생각이다. 해답을 내놓으라고 더 뻔뻔하게 요구할 생각이다. 내 몫을 넘어, 우리 가족의 몫까지. 물론 형은 늘 그렇듯 사람 좋은 웃음으로 내 이야기를 묵묵히 들어주겠지. 원래 답이 없는 인생의 해답을 요구하며 남의 회사까지 쳐들어가는(?) 뻔뻔한 나도 나지만, 그걸 아무렇지 않게 받아주는 형은 더 대단하다. 역시 피는 못 속인다.

Happy Wife, Happy Life!

"형, 지금 뭐가 제일 하고 싶어요?"

형은 들떠 있었다. 아이와 아내가 함께 떠나는 여행. 직장 때문에 함께하지 못하는 형에게는 아쉬움보다 설렘이 느껴졌다. 일주일 동안 무엇을 해야 하나 고민이 많았다고 한다.

"어쩌면 내 인생의 마지막 휴가일지도 몰라."

진지하게 말하는 형의 표정에서 이 시간을 허투루 보내지 않겠다는 비장함마저 느껴졌다. 며칠이 지나 형에게 물었다. 그때는 나 역시 결혼 전이었기 때문에 형이 혼자 있는 시간을 어떻게 보낼지 궁금했다. 결혼하고, 아이를 낳으면 쉽게 허락되지

복직, 육아휴직의 연장선

않는, 유부남이 그토록 간절히 바란다는 혼자만의 시간.

"6시에 칼퇴근해서 세상에서 가장 편한 모습으로 소파에서 야구를 볼 거야. 처음부터 끝까지 집중해서. 맥주도 마시면서."

뭔가 거창한 게 나올 줄 알았는데 생각보다 너무 소박해서 놀랐다. 하지만 결혼을 해 보니, 아이를 키워보니 알겠다. 부모가 힘든 건 다른 이유보다도 너무나 소박하고 당연한 그것, 그걸 할 수 없어서였다. 거창한 희생은 아니지만, 너무 소박해서 별것 아닌 것 같지만, '그것조차' 못하는 삶이라 힘들다. 남들은 너무나 당연하게 생각하는 것들. 화장실을 가거나, 밥을 먹거나, 머리를 감거나 샤워를 하는 일들. 때가 되면 미용실에 가거나, 여유롭게 커피를 마시는 일들. 아이를 키워보면 너무나 당연한 것들이 당연하지 않게 된다. 당연한 것이 특별해지는 순간, 육아가 힘들어진다. 작은 희생이 쌓이다 보면 박탈감은 더 커진다.

"그 정도로 뭘 그래? 아이 키우다 보면 다 똑같지. 나 때도 다 그랬어. 유난 떨지 마. 너만 아이 키우는 것 아냐."

지나가면서 아무렇지 않게 하는 말들. 별생각 없이 쉽게 내뱉는 말에 상처받는다. 너무 예민하다고? 아이를 키우면 작은 것에도 예민해져야 한다. 의사표현을 할 수 없는 아이를 옆에 두고 어떻게 무뎌질 수 있단 말인가. 자기방어를 할 수 없는 아이에게 이 세상은 위험한 것투성이다. 아이의 작은 행동도 세심하게 살피는 게 부모다. 자신도 모르게 부모는 예민해진다. 그러다 보면 어느새 '나'는 사라진다.

'오늘이 무슨 요일이지?'

반복되는 일상에 날짜 감각이 무뎌진다. 언제나 1순위는 아이. 자기 목도 못 가누는, 지금 어떤 기분인지 말할 수 없는 아이를 보며 나를 우선순위에 놓기란 쉽지 않다. 포기하는 것들이 하나둘 늘어난다. 언제 다시 할 수 있다는 기약도 없다. 어제와 비슷한 하루가 반복된다. 집 밖의 세상은 뭔가 시끌벅적 행복한 것 같은데, 나만 동떨어진 느낌. 마치 세상으로부터 고립된 것 같은 느낌. 그저 나만을 바라보는 게 전부인 아이와 단둘이 있다 보면, 아이가 내는 대답 비슷한 소리에도 의미를 부여하고 감동하게 된다. 대화가 그립다. 반응이 그립다. 적어도 내 얘기에 고개 끄덕이는 존재만 있어도 좋겠다.

"오빠가 엄마였으면 산후 우울증에 걸렸을 수도 있겠다."

활동적이고 호기심 많은 내 성격을 아는 아내가 말했다. 인정한다. 심리전문가인 아내는 정확히 보고 있었다. 아내가 출근하고 아이와 함께 있는 시간, 집이란 공간이 주는 편안함도 있지만 그 안에만 있어야 하는 것이 힘들었다. 바깥풍경이 그리웠다. 아이를 위해 TV대신 팟캐스트나 라디오를 들었다. 라디오는 하도 많이 들어서 로고송과 광고 음악까지 외울 정도. 그렇게라도 세상 얘기를 듣고 싶었다. 날씨가 좋은 날은 날씨가 좋아서, 날씨가 좋지 않은 날은 날씨가 좋지 않아서 나가고 싶었다.

우울감이 뭐 특별한 감정인가? 뭔가를 하고 싶은데 할 수 없으면 생기는, 포기해야 하는 것을 내가 인정할 수 없으면 그 괴

리감에서 느껴지는 감정이 아닐까? 그나마 나는 괜찮은 편이었다. 퇴근하면 곧장 집으로 오는 아내가 있었으니. 모유 수유를 하는 아내는 회사가 끝나면 바로 집으로 와야 했다. 퇴근 시간이 되면 아내의 몸은 신호를 보냈다. 집에 갈 시간이라고. 모유 수유를 하는 엄마들은 밖에 있어도 아이와 떨어져 있을 수 없다. 몸이 반응한다. 주기적으로 모유를 유축해야 한다. 유축하지 않으면 가슴이 아프다고 한다. 그래서 늘 유축기를 가지고 다녔다. 밖에 있어도 엄마들은 아이와 떨어질 수 없다.

아이의 존재는 부담이다. 행복하고 감사하지만, 부담인 건 사실이다. 기꺼이 그 부담을 감내해야 육아를 할 수 있다. 혼자는 불가능하다. 육아의 부담을 덜어낼 수 있게 장치를 마련해야 한다. 가장 좋은 방법은 배우자와 함께하는 것이다. 육아를 함께하면서 적절히 서로의 시간을 보장해 준다. '숨 좀 쉴 수 있는' 시간을 만들어 주는 것이다. 지치지 않고 함께 육아를 할 수 있도록. 그 시간에는 각자에게 위안이 되는 공간에서 시간을 보낸다. 이때를 위한 공간을 집 안에 만들어도 좋고, 집 밖에 나만의 아지트를 발굴해도 좋다. 그 공간에서 보내는 나만의 시간, 잠깐이라도 온전히 나만을 생각할 수 있는 시간. 그 순간만큼은 엄마, 아빠가 아닌 '나'로 돌아가는 시간이다.

"혹시 지금 이 순간이 아이 낳기 전, 결혼하기 전이라면 여보는 뭘 하고 싶어?"

아내에게 물었다. 놀란 눈치다. 평소에 생각해둔 것은 많은데, 막상 하나만 고르라니 고민되는 것 같았다. 상상만으로도 행복한지 한참을 웃으며 생각하던 아내가 말했다.

"심야 영화. 혼자. 아니면 조용한 카페에 앉아서 책 읽기."

거창한 걸 원하는 게 아니다. 그저, 예전에 했던 소박한 것들을 하고 싶은 것뿐이다. 육아하는 엄마나 아빠가 지금 당장 원하는 건 그것이다. 행복을 찾는 방법은 의외로 간단하다. 행복할 방법을 찾아야 한다. 내가 행복해야 아이가 행복하다. 힘들면 힘들다, 우울하면 우울하다고 얘기할 수 있어야 한다. 우리는 나만의 시간과 공간을 허락하고, 그 시간을 온전히 보장할 수 있는 배려가 필요하다고 생각했다. 난 아내의 행복을 위해 아내가 원하면 언제든지 시간을 내어줄 생각이다. 내가 힘들 때는 아내에게 부탁하고, 또 아내가 힘들 때는 내가 함께하고. 그렇게 호흡을 맞춰가며, 행복하게 육아를 할 것이다. 그게 내가 육아휴직을 하는 이유니까.

NBA 최고의 농구스타 스테판 커리가 어느 날 귀여운 외모에 어울리지 않는 수염을 길렀다. 기자가 그 이유를 묻자 아내의 의견이었다고 답했다. 그러면서 커리가 덧붙인 한마디.

"Happy Wife, Happy Life!"

순간 내 생각과 너무 똑같아서 소름이 돋았다.

복직, 육아휴직의 연장선

아내가 직접 고른
남자의 로망

　노을이 내려앉은 시간. 창문 틈새로 들어오는 햇살과 그 햇
살을 받아 유유히 움직이는 먼지들의 움직임. 그 속에 유치원에
서 돌아와 숙제를 하던 내가 있다. 나른함에 꾸벅꾸벅 졸면서도
눈을 비비고 자세를 고쳐 앉아 집중하는 모습. 커튼 사이로 햇
살이 들어오고, 저녁밥이 익어가는 기분 좋은 냄새. 어머니가 틀
어놓은 LP 음악 소리. 그리고 가족들을 위해 기쁜 마음으로 저
녁을 만드는 어머니의 콧노래. 나도 모르게 흥얼거리면서 듣던
노래들. 이선희, 변진섭, 이문세, 푸른 하늘의 음반들. 포근함이
란 단어를 떠올릴 때 가장 먼저 그려지는 풍경이다. 그 안에 스

며든 음악들. 그 음악들을 다시 들으면 마치 그때로 돌아간 듯 따뜻함이 느껴진다. 기분 좋은 감정의 도돌이표.

내 인생에는 항상 음악이 함께였다. 아나운서가 되어 7년 동안 〈콘서트 필〉이란 음악 프로그램을 진행했다. 각종 공연 프로그램을 도맡아 진행하고, 라디오 DJ를 하며 음악을 항상 곁에 두는 내 음악 인생은 어쩌면 어머니의 LP에서 시작된 것인지도 모르겠다. 비록 음악인은 아니지만, 음악을 사랑하고, 즐기고, 뮤지션을 동경하면서, 비슷하게 음악을 좋아하는 아내와 음악으로 가득 찬 삶을 사는 건 참 행복하다.

고사리 같은 손으로 용돈을 모아서 음반을 샀다. 한 장, 두 장 모아온 CD와 LP는 내 보물 1호가 됐다. 서재 한쪽을 채우는 2,500장이 넘는 CD와 500장 정도의 LP. 파일로 음원을 검색해서 듣는 음악보다 조금은 불편하게 듣는 음악이 좋았다. 만질 수 없는 디지털 음원 대신 만지고, 걸고, 맞추고, 틀면서 소장하는 아날로그 음악의 불편하지만 따뜻한 매력이 좋았다. 음악이 더 맛있게 들린다. 기술은 디지털을 지향해야겠지만, 그 안의 감성은 아날로그스러워야 한다고 믿는다. 내가 경험한 음악의 따뜻함이 그랬으니까.

꿈이 하나 있었다. 나만의 오디오 시스템을 갖추는 것. 물론 말도 안 되는 수준의 장비를 욕심내는 건 아니었다. 나는 하드웨어보다 소프트웨어가 중요한 사람이니까. 그저 CD와 LP, 요즘 트랜드에 맞춰 적절한 디지털 음원을 구현할 수 있는 시스

복직, 육아휴직의 연장선

템이면 충분했다. 지친 하루를 마치고 돌아와 편한 자세로 듣고 싶은 음악을 몇 곡 들으면 피로가 싹 풀릴 것만 같다. 상상만으로도 행복했다. 이를 아는 주변인들은 오디오 장비를 결혼 전에 구성해야 한다고 부추겼다. 결혼하면 절대 할 수 없을 거라고. 그럴듯하게 들렸지만, 참았다. 혼자 즐기는 건 의미가 없었다. 좋은 것은 아내와, 가족과 함께하고 싶었다. 아내에게 선택권을 주고 싶었다. 아내의 의견이 무엇보다 중요했다.

아내와 함께 오디오 전문 매장을 찾았다. 아내가 좋아할 만한 디자인과 사운드를 생각해서 몇 개의 모델을 고르고, 그에 어울리는 음악도 준비했다. 편한 마음으로 매장을 찾아 가볍게 음악을 듣던 아내의 눈빛이 흔들렸다.

'옳지!'

나의 꿈이 우리의 꿈으로 바뀌는 순간이었다. 직접 들어보고, 눈으로 확인한 아내는 나보다 더 적극적이었다. 아내는 오디오 공부를 시작했다. 집안 인테리어와 어울리는 디자인, 우리 모두를 만족시킬 수 있는 소리를 찾기 시작했다. 그렇게 우리의 오디오 시스템을 완성했다. 그런데 아내는 한발 더 나아가 LP와 CD를 보관할 수 있는 장식장에 관심을 두기 시작했다. 내가 아내를 맞춤 가구 전문점으로 데리고 간 다음부터였다. 아내는 나무에 대해 공부하기 시작했다. 나무의 특성과 재질, 무늬까지 꼼꼼하게 확인하고 장식장을 구입했다. 우리의 오디오 시스템은 아내와 함께 직접 고르고 디자인한 LP장 위에 올려졌다.

이런 노력의 바탕에는 윤슬이를 향한 사랑이 있다. 어렸을 적 느낀 음악의 따뜻함을 아이에게 물려주고 싶었다. 우리 삶의 방향을 결정하고 행복의 기준을 만들어 준 아름답고 신비로운 기억을 우리 아이에게도 알려주고 싶었다. 음악이 주는 행복을, 음악에 담긴 따뜻함을 선물하고 싶다. 이것이 내가 음반을 모으는 이유다. 우리가 음악을 사랑하는 이유다. 앞으로 나도 아내도 아직 우리가 모르는 음악에 대해 함께 알아갈 생각이다. 우리 가족과 함께.

"그런 의미에서 오늘도 좋은 음반 하나 주문했어, 여보. 요즘 술도 거의 안 마시고, 난 원래 옷도 잘 안 사잖아. 아마 오늘 택배 도착할 거야. 오늘 설거지는 하지 마. 저녁에 내가 할게. 사랑해 여보."

복직, 육아휴직의 연장선

음악에 대해 공부를 하다가 '아이가 좋은 음질로 음악을 들어야 하는 이유'라는 연구를 발견했다. 하워드 가드너(Howard Gardner)의 연구에 따르면 사람의 음악 지능은 다른 지능에 앞서 가장 먼저 발달한다고 한다. 임신 4개월부터 모든 영아가 음악적 능력을 갖게 된다. 하지만 9세가 지나면 더 이상 발전하기 힘들다고 한다.

소리에 대한 민감도는 어린아이가 어른보다 앞서는데, 갓 태어난 아이의 경우 20kHz의 주파수까지 들을 수 있다고 한다. 10대에는 17.7kHz, 20대 16.7kHz, 30~40대 14kHz, 50대 이상으로 넘어가면 12kHz의 주파수만 들을 수 있다. 나이가 들수록 귀 안쪽 달팽이관부터 조금씩 손상되기 때문이다.

그래서 아이는 좋은 음질로 음악을 들어야 한다. 아내에게 이 연구 내용을 들려주며 오디오 시스템을 갖춘 것에 대한 정당성을 강조했다. 아내는 피식 웃으며 동의했다. 내가 LP와 CD를 모으는 것도 더 좋은 음질로 음악을 들으려고 하는 것도 모두 윤슬이를 위한 것이다.

가만있자. 새로운 LP 발매 목록이 어디 있더라?

도서관 옆
행복한
윤슬이네 집

이사를 했다. 보행기를 타고 활보하기 시작한 윤슬이를 위한 더 넓고 좋은 집. 도서관이 바로 옆인, 내가 꿈에 그리던 아름다운 공간. 집을 보러 왔다가 도서관으로 연결된 계단을 보고 결정했다.

'여기다!'

오랜 꿈이었다. 도서관 바로 옆집에 사는 꿈. 주말마다 온 가족이 도서관에 가는 꿈. 각자가 읽던 책 속에 빠져 있다가 저녁에는 한 공간에 둘러앉아 자신이 경험한 세계를 함께 나누는 풍경. 가르침이 아닌 질문과 토론이 자연스러운 집. 책 읽으라는

복직, 육아휴직의 연장선

잔소리 대신 부모가 책 읽는 모습을 보고 아이가 자연스럽게 책과 친해지는, 내가 꿈꿔온 모든 상상이 가능한 집이었다. 도서관 옆에 살고 싶어서 부동산에 예약하고 기다리는 중이라는 가족의 글을 본 적이 있는데, 우리에게 그 행운이 찾아온 것이다. 우리는 거실과 주방 사이에 큰 테이블을 놓고, 아이를 재운 후 함께 책을 보며 글을 쓴다. 오랜 꿈이 실현되는 시간이다.

이사하면서 제일 먼저 거실에서 TV를 치웠다. 어차피 아이 때문에 TV를 못 보니 차라리 AV방을 하나 만들어서 스크린을 달고 필요할 때만 프로젝터로 쏘아 보기로 했다. 미니 영화관이 생겼다. 꼭 필요할 때만 보는. 평소에는 스크린을 올리고 빈방처럼 쓰는 숨겨진 영화관. 대신 TV가 있던 거실 중앙 자리에 직접 디자인해서 맞춘 LP 서랍장과 꽤 비싸게 산 하이파이 오디오를 놨다. 집 안 곳곳에 블루투스 스피커와 피아노, 기타를 놨다. 집 안 어디에서도 생각나면 바로 음악을 즐길 수 있게.

음악 듣는 시간이 늘었다. 음악을 더 아껴 듣게 됐다. 스마트폰 뮤직 플레이어로 TOP 100을 듣거나, 누군가가 추천해 놓은 오늘의 뮤직 PD 플레이 리스트를 랜덤으로 트는 것이 아닌, 내가 직접 골라 듣는 음악. 고르고, 올리고, 걸고, 들으며, 확인하고, 읽고, 느끼고, 얘기하는 음악. 음반의 기승전결을 순서대로 들으며, 한 편의 드라마나 영화를 듣는 느낌으로 아껴 듣는 음악. 집중하면서 들으니 음악이, 음악이 흐르는 공간이, 그리고 음악을 듣는 순간이 더 소중하게 느껴졌다. 이때 가장 좋은 건 음악을 들으면서 아이와 아내를 볼 수 있다는 점이다. TV에서 눈을 떼니, 서로의 눈을 바라보며 대화하는 시간이 늘었다. 요리하는 시간이 늘었고 그 모습을 물끄러미 바라보는 시간이 늘었다. 맛과 향에 더 집중하게 됐다. 음식이 더 맛있다. 책 보는 시간과 양도 늘었다. 함께 춤추는 시간이 늘었다. 그리고 질문이 늘었다. 잘 알고 있다고 생각했던 아내와 아이에 대해 몰랐던 부분을 발견하고, 더 알아간다. TV에서 눈을 떼니 더 많은 것이 보인다. 참 다행이다. 이제라도 알게 돼서.

아주 가끔 시간이 멈춰 있다는 생각을 한다. 윤슬이로 인해 모든 것이 정지된 상태. 지금, 여기, 우리 행복만 생각하는 시간. 선택과 집중. 욕심을 내려놓는다. 많은 것을 바라보고, 챙기고, 신경 쓰는 대신 지금 우리만 선택하는 용기. 어쩌면 당연한 일이지만 어느 순간 이 선택은 용기가 필요한 것이 되었다. 그래도 과감한 선택. 그동안 너무 남들을 위한 선택만 해왔으니까. 지금은 그래도 되는 때니까. 지금밖에 없는 행복이니까. 앞만 보며 달리던 시간의 끝에서 잠시 휴식을 취한다. 지금 우리는 온전히 우리 가족이 서 있는 여기만 보고 있다.

복직, 육아휴직의 연장선

다툼,
그리고
애플 프로젝트

요즘 들어 아내와 크고 작은 다툼이 잦아졌다. 평소였다면 아무렇지 않게 넘어갈 일인데도 어느새 감정이 조금 상해 있다. 시간이 지나 감정이 가라앉았을 때, 되돌아보면 참 우습고 민망하다. 본의 아니게 육아휴직, 결혼생활에 대한 꽤 많은 얘기를 하고 있고, 많은 사람이 잘 보고 있다며 격려하는 요즘 내 상황 때문이다. 또한, 아내는 임상심리상담가로 사람의 마음을 전문적으로 공부한 사람이다. 특히 부부, 육아와 관련해 누구보다 치열하게 고민하는 사람. 그런 우리도 다르지 않다. 남들처럼 투닥거리며 그렇게 살아간다.

라테파파

우리는 특별하다고 생각한 적이 있다. 참으로 어리석은 생각이었다. 남들 하는 만큼만 하기도 힘든 게 결혼과 사랑, 육아였다. 우리도 남들처럼 인생에서 넘어야 할 고개를 넘고 있다. 윤슬이가 커갈수록, 힘과 에너지가 넘칠수록 아내는 힘들어한다. 알고 있다. 누구보다 잘 알고 있다고 자부했다. '나 육아휴직까지 했던 남자야.'라는 자부심이 넘쳤다. 주변 남자들에게 '적당히 하라'는 핀잔을 들을 정도로 열심히, 잘하려고 노력한다. 그러나 아내에게는 늘 미안하고, 늘 부족하다. 아내가 힘들다는 걸 알면서도, 여유가 없다는 걸 알면서도, 난 너무 서툴러서 아내를 위로하지 못한다. 지나고 나면 늘 후회하면서도 아내에게 필요한 힘이 되어 주지 못한다.

다툼의 원인은 하나였다. 우리는 서로 상대가 내 마음을 조금 더 알아주길 바라고 있었다. 물론 우린 각자 최선을 다하고 있다. 그래서 힘든 거였다. 서로가 노력하고 있다는 것을 너무도 잘 알기에, 누구의 잘못도 아니기에 더 투닥거리는 거였다. 차라리 누군가가 잘못했다면 쉬울 텐데…. 우리가 힘들어하는 것은 벗어날 수 없는 상황의 반복과 그로 인한 심신의 피로였다.

제안을 했다. 원인이 너무 뻔했고, 누군가 먼저 손 내밀면 보이지 않는 서운함 따위 눈 녹듯 사라질 우리였기에. 돌아가면서 사과하자고 했다. 순서를 정해서 다툼이 있을 때 그날 자정을 넘기지 않고 무조건 먼저 사과하기로 했다. 이때 사과는 모든 정황에 대한 사과가 아닌 본인의 잘못에 대한 인정이다. 일

복직, 육아휴직의 연장선

단 인정하고 대화를 시도하는 것. 또한, 정말 인정할 수 없는 상황에 대비해서 한 달에 한 번 '사과 거부권'도 정했다. 거부권을 쓰면 사과 순서가 상대에게 넘어간다. 그만큼 억울하다는 마음의 표현. 대화가 가능하면 상황은 풀린다. 내 잘못을 인정하면 상대에 대한 이해도 가능하다. 우린 그렇게 믿는다.

윤슬이가 태어난 지 300일이 넘었다. 그동안 윤슬이는 300번의 첫날을 경험했지만 그건 아빠, 엄마가 된 우리도 마찬가지였다. 모든 날이 처음이었다. 우리도 처음부터 부모는 아니었다. 늘 새롭고, 낯설고, 어려운 첫 번째 날들이 계속되고 있다. 누구보다 잘할 수 있다는 다짐과 믿음도, 매일 새로운 하루를 맞이하다 보면 마음대로 되지 않는 게 사실이다. 부모라는 옷을 입고 있지만, 미숙하기만 한 날들. 매일 후회하고, 매일 배우면서 새롭게 느낀다. 윤슬이가 크면서 우리도 크고 있다. 부모이자, 부부로서 함께 성장하고 있다.

덧붙이는 이야기

순서를 정해서 그 날을 넘기지 않고 자신의 잘못에 대해 인정하고 먼저 사과하기. 굳이 이름을 붙인다면 '애플(사과) 프로젝트'다. 투닥거리면서 우리가 생각한 방법. 이 프로젝트의 핵심은 인정과 이해, 그리고 대화다.

일요일은 내가
된장찌개
요리사!

일요일 아침은 늘 된장찌개였다.

"오늘은 내가 요리사~."

아버지는 요리를 하셨고, 우리는 잠이 덜 깬 눈으로 대청소를 했다. 피할 수 없었다. 이미 이불은 어디론가 사라졌고, 창문은 활짝 열려 있었다. 된장찌개 냄새와 신선한 겨울 공기가 공존하는 시간. 차가운 겨울바람에 몸을 숨길 곳은 안방뿐이었다. 일요일 아침, 안방은 신성한 공간이었다. 누구도 침범할 수 없는 곳. 안방을 지날 때는 발끝을 들고 살금살금, 조심히 지나야 했다. 안방에는 어머니가 계셨다. 일요일 아침이면 어머니는 늦잠

복직, 육아휴직의 연장선

을 주무셨다. 아무것도 하지 않고 휴식을 즐기셨다. 엄마에게 휴가를! 아버지의 뜻이었다.

"나중에 결혼해서도 집안일은 같이 하렴."

부모님은 늘 강조하셨다. 그리고 행동으로 보여주셨다. 식사를 마친 아버지가 설거지를 하고, 어머니가 청소를 하는 동안 우리는 옆에서 빨래를 정리했다. 각자 여유로운 시간을 보내다가 함께 요리를 하기도 했다. 어머니가 요리를 하시면 아버지는 집 밖을 청소하거나 세차를 하는 등 크든 작든 집안일을 함께하는 모습을 우리는 자연스럽게 배울 수 있었다. 우리에겐 너무나도 당연한, 자연스러운 일요일의 모습이었다.

7년의 자취 생활은 내게 큰 도움이 됐다. 자취를 하면 집안일을 하나부터 열까지 스스로 해야 했다. 그런데 하다 보니 꽤 재미있었다. 집을 싹 정리하고 난 후 느껴지는 안정감이 좋았다. 내가 통제할 수 있는 범위에서 집 안 구석구석 임의로 규칙을 부여하는 일이 좋았다. 정리는 어렵지 않았다. 원래 있던 곳에 다시 놓으면 되는 일이었다. 정리하면서 내 공간을 좀 더 자세히 보게 되었다. 내가 먹고, 잠자고, 쉬며 머무르는 내 공간을 더 사랑하게 되었다.

생각해 보면 모든 것이 일요일의 기억 덕분이었다. 일요일 오전에 아버지와 나, 여동생이 함께했던 대청소. 그리고 어머니에게 제공된 여유 시간. 본인보다 훨씬 요리를 잘하는 아내를 위해 된장찌개를 끓이던 아버지. 그 시간은 이제 내 기억 속 소중한 한 장의 사진으로 남아 있다. 아직도 따뜻한 온기와 향기를 간직한 채. 그리고 이제는 각자의 가정에서 똑같은 모습으로 또 다른 추억을 만들고 있다.

"내가 할게."

먼저 얘기하는 것이 어색하지 않고 함께하는 것이 자연스러운, 그야말로 조기교육이었다. 훗날 윤슬이가 기억하는 일요일은 어떤 풍경일까? 내가 간직한 사진 속 모습처럼 윤슬이의 기억 속 풍경이 따뜻하면 좋겠다. 그리고 윤슬이의 미래 역시 따뜻하게 그려지면 좋겠다. 그 안에서의 내가 가족과 함께하는 모습이 자연스러운 아빠, 누구보다 친근하고 가까운 아빠이자 남편이면 좋겠다. 그러기 위해 나와 아내는 궁리한다. 함께하고 배려하는 모습이 자연스러운 가족의 모습을 윤슬이가 배울 수 있게, 우리가 어떻게 해야 할지 행동으로 보여주기 위해.

"그때 육아휴직 하길 정말 잘했어."

자랑스럽게 말할 수 있길 바란다. 육아휴직으로 포기한 것들보다 훨씬 더 많은 것을 얻었기를. 그리고 그때는 '아빠의 육아휴직'이 더 이상 특별한 일이 아니기를. 가족 모두가 집안일을 함께하고, 함께 휴일을 즐길 수 있기를. 자연스럽게 앞치마를 입고 된장찌개를 끓이는, 여전히 육아대디이자 라테파파, 프렌디인 나의 일요일을 상상해 본다.

복직, 육아휴직의 연장선

복직을
결심하다

소위 '잘나가던' 시절이었다. 직업적으로 큰 상도 받았다. 진행하던 프로그램으로 최초의 최장수 MC 기록도 세웠다. 내가 하고 싶은 일을 하면서 인정도 받았다. 하지만 공허하고 힘들었다. 남들과 다른 길을 선택했고, 남들이 가지 않는 길을 가고 있었지만, 남들과의 비교 속에서 스트레스를 받았다. 화려할수록 더 공허했던 날들. 나는 많이 지쳐 있었다. 특히 가족과 떨어져 있는 것이 너무 힘들었다. 이렇게 살 수는 없었다. 그때 떠오른 방안이 육아휴직이었다. 육아휴직은 당시 내게 너무나 필요한 것이었다.

라테파파

'오늘이 내 인생의 마지막이라면 지금 내가 할 수 있는 가장 중요한 건 무엇일까?'

내 인생에서 가장 중요한 것에 대한 확신, 그것에 대한 결심이었다. 겉보기에 가장 화려해 보였을 그때가 내겐 가장 힘들 때였다. 당시 아내는 육아휴직을 하지 않고 회사 복귀를 앞두고 있었다. 두 번 생각할 필요 없이 내가 육아휴직을 해야 했다.

그때부터였다. 회사에 이상한 소문이 돌기 시작한 건.

'홧김에'

'자기밖에 모르는'

'책임 의식이 없는'

'될 대로 되라는 식'

설마 하면서 의심하게 되는 단어들이 내 귀에도 들려왔다. 육아휴직은 내게 주어진 당연한 권리였지만, 그렇지 않게 받아들인 사람들의 소문과 추측이 있었다. 자신들에게 낯선 것은 공격이나 도전으로 받아들이는 몇몇이 있었다. 나는 정말 힘들고 아픈 상황인데, 많은 고민 끝에 힘들게 내린 결정인데…. 괜찮은 척했지만, 사실은 꽤 큰 상처가 되었다. 보이지 않는 곳에서 진심을 곡해하고, 쉽게 말해버리는 반응들이 참 아팠다. 그런 분위기에서 난 무거운 마음으로 육아휴직에 들어갔다.

하지만 상처 입은 내 마음은 육아휴직을 하며 치유되었다. 무엇보다 행복의 기준이 바뀌었다. 많은 것을 내려놓게 되었다. 육아에는 경쟁이란 단어가 없었다. 오해도 없었다. 그저 아이가

복직, 육아휴직의 연장선

똥만 잘 싸도 기뻤다. 잘 먹어줘서 고마웠고, 아이가 웃으면 행복했다. 아프지 않음에 감사했고, 작은 몸짓에도 즐거웠다. 욕심이 줄었다. 작은 것에 감사한 날들이 이어졌다. 그러면서 나도 모르게 나는 변하고 있었다. 몸도 마음도 건강해졌다. 아이 덕분이었다. 아이와 아내, 가족이 주는 평온함 덕분이었다. 내가 있는 위치에 대해 다시 한번 고민할 수 있었다. 방송을 떠나보니 방송을 더 객관적으로 볼 수 있었고, 직업의 의미와 목적도 확실해졌다. 삶의 방향과 기준이 명확해지자 결정도 쉽고 빨라졌다. 비로소 자신이 생겼다.

육아휴직 기간의 끄트머리에서 연장이 아닌 복직을 결심했다. 육아휴직을 하며 좀 더 성장하고 단단해졌기에 이전보다 방송을 편하게 할 수 있을 거라 확신했다. 기존에 내가 하던 방송에는 이미 다른 진행자가 있었다. 큰 의미를 두지 않았다. 복직후 맡은 일은 뉴스와 음악 라디오 프로그램. 예전과 비교하면 프로그램 수가 적었지만, 감사했다. 업무가 줄어든 만큼 시간적 여유가 생겼고, 가족에게 더 집중할 수 있었다. 나는 이 시기를 육아휴직의 연장이라고 생각했다. 일도 하고 육아도 할 수 있는, 지금 하는 방송과 가족에 좀 더 집중할 수 있는 시간. 지금이 아니면 절대 할 수 없는 일들에 집중하는 것. 육아휴직을 통해 내가 얻은 해답이자 여유였다.

좋은 부모가 되고 싶어서 육아휴직을 시작했다. 좋은 부모에는 여러 가지 조건이 있겠지만, 내가 생각하는 좋은 부모는

라테파파

아이와 함께 많은 시간을 보내는 부모다. 세상 모두가 인정한 사회적 성공을 거두었다 해도 아이에게 함께할 시간을 선물할 수 없다면, 좋은 부모로서의 성공은 실패한 것이다. 사회적 성공도 중요하지만, 무엇보다 나는 가족과 아이에게 좋은 남편, 좋은 아빠로 확실히 인정받고 싶다. 앞으로도 윤슬이에게 많은 시간을 선물하고 싶다. 윤슬이와 함께 많은 추억을 공유하고 싶다. 아내가 찍어서 보내주는 아이의 영상과 사진을 휴대폰으로 수백 번 보고 또 보는 아빠가 아니라, 아이와 함께 그 순간을 직접 나누는 아빠가 되고 싶다. 내 눈으로 보고, 내 기억에 직접 담고 싶다. 이 마음은 앞으로 내 일과 삶의 무게중심을 결정하는 기준이 될 것이다. 돈은 언제든지 벌 수 있고, 다양한 도전과 성취, 성공도 가능하다. 하지만 아이와의 시간은 지금이 아니면 절대 돌아오지 않는다. 그리고 복직을 해서도 충분히 할 수 있을 것 같다는 확신이 들었다. 내가 어렵게 복직을 결심한 이유다.

복직, 육아휴직의 연장선

네가 웃으면

특별한 이상형은 없었다. '그것' 때문에 그 사람이 좋은 게 아니라 그 사람이기에 '그것'도 좋았던 거니까. 다만 한 가지 바람이 있다면, 웃는 모습이 예뻤으면. 그래야 더 많이 웃게 해 주고 싶을 테니까.

웃는 모습이 내 마음에 쏙 드는 사람을 만나 그 사람을 웃게 하는 방법만 생각하다 보니 그녀의 미소를 쏙 닮은 존재가 찾아왔다. 너의 미소를 닮은 아이의 미소. 웃게 해야 할 이유가 두 가지로 늘었다. 행복이 두 배로 늘었다.

아이가 웃으면 그녀도 웃는다. 덩달아 나도 웃는다. 가끔 나도 감당할 수 없는 나를 발견한다. 멈출 수 없다. 아이가 웃고 있으니, 우리가 웃고 있으니. 기꺼이 망가질 수 있다. 두 사람을 웃길 수만 있다면, 이렇게 행복할 수 있다면, 나는 뭐라도 괜찮다.

#아빠_되기_참_쉽지_않다

웃는 모습이 예쁜 윤슬이는 사랑받는 법을 아는 아이다. 웃을 줄 아는 아이다. 언제 웃어야 하는지를 정확히 안다. 내가 발견한 것만 해도 윤슬이의 웃음 종류는 무려 10가지! (다른 사람 눈에는 같아 보일지라도 내 눈에는 그 차이가 보인다) 적재적소에 자신만의 무기를 쓸 줄 안다. 사람의 눈을 보고 웃을 줄 안다. 빤히 쳐다보는 그 눈 속에 참으로 깊은 세상이 있다. 보고 또 봐도 참 신기한 아이. 어른이 되고 나니 사람의 눈을 보고 웃는다는 게 얼마나 어려운 일인지 알았다. 때로는 윤슬이의 그 웃음이 부럽다. 자신과 가족의 행복만을 생각하는 솔직한 웃음. 언젠가 우리도 저렇게 웃었을 텐데. 기억나지 않는다. 저런 웃음은 지어본 적이 없었다는 듯이 흔적조차 발견하기 어렵다. 그래서 더 부럽다. 그 솔직한 웃음이.

사랑하는 그녀의 미소를 꼭 닮은 너의 그 미소. 어른이 되어서도 절대 잊지 않았으면. 솔직하게 표현하고, 아낌없이 나눌 수 있게 꼭 기억했으면. 어른이 되어서도 그렇게 웃어줬으면. 사랑에, 웃음에 인색하지 않은 사람이 됐으면….

#네_웃음은_아빠가_책임질_테니

윤슬이를 만나고, 육아휴직을 하면서 어떻게 하면 이 소중한 시간을 남길 수 있을까를 고민했다. 이 벅찬 감정과 느낌을 윤슬이도 꼭 기억했으면 좋겠는데, 윤슬이는 너무 어려서 이 순간을 기억할 수는 없을 테니까…. 많은 생각이 드는 행복한 시간이었다. 틈틈이 에세이를 쓰고, 그 내용을 인터넷에 올렸다. 과분하게 많은 사랑과 관심을 받고, 책을 만들게 됐다. 그러면서 자연스럽게 이어진 또 다른 기회. 윤슬이와 관련된 내용을 노래로 만들었다. 세상에 하나뿐인 윤슬이를 위한 노래로, 주변 사람을 행복하게 만드는 윤슬이의 미소에 대한 얘기다. 가사는 책의 내용을 바탕으로 썼다. 소소하고 담담하게, 우리의 감정을 가사로 담았다. 먼 훗날 윤슬이가 이 노래를 듣고 기뻐하기를, 지금처럼 솔직하고 예쁜 미소를 간직하길 바라는 마음에서.

곡은 평소에 좋아하는 뮤지션 동생 강백수에게 부탁했다. 연애 시절, "오빠 되게 재미있는 노래가 있어."라며 아내가 들려준 노래가 백수의 '벽'이었다. "가수가 관검사를 어떻게 이겨."라며 이제는 법조인이 된 전 여자친구와의 얘기를 담은 노래였다. 재미있는 노래였지만 어딘지 모르게 짠~한 느낌이 있었다. 이 노래를 시작으로 백수의 노래를 찾아 들었다. 센스 있는 가사가 많은 울림을 줬다. 알고 보니 백수는 가수이면서 동시에 문단에 등단한 시인이었다. 좋아하는 백수의 노래 중에 '타임머신'이란 곡이 있는데, 웃음으로 시작해 찡한 슬픔으로 끝나는 노래였다. 이 노래를 듣고 백수를 만나봐야겠다고 생각했다. 노래에 대한 얘기를 직접 듣고 싶었다. 나는 무작정 SNS로 백수에게 연락을 했고, 그렇게 우린 연남동의 양꼬치집에서 만났다. 여자에게조차 번호 한번 먼저 물어본 적 없는 내가, 남자에게 데이트(?) 신청을 한 것이다. 만나본 백수는 생각보다 더 좋은 사람이었고, 우리는 알게 모르게 주변 사람들과 얽혀 있는 신기한 인연이었다. 그날 먹은 연태 고량주는 우리를 아나운서와 뮤지션에서 좋은 형동생으로 만들어 주었다.

백수는 SNS에 올라온 윤슬이의 사진에 항상 '좋아요'를 누르고, 누구보다 윤슬이의 성장을 응원해 줬다. 그랬기에 내가 생각하는 곡의 의도를 잘 파악하고, 딱 맞는 곡을 선물해 줬다. 이 자리를 빌려 백수에게 감사의 인사를 전한다.

노래의 가사는 바로 앞에 나온 글을 바탕으로 탄생했다. SNS에 일기처럼 적었던 글. 윤슬이의 예쁜 미소를 보면서, 아내와 닮은 그 모습에 감동하면서 적었던 글이다. 이 글을 토대로 백수의 곡에 맞는 가사가 완성됐다. 내가 쓴 글이 가사가 되고, 곡이 되어, 세상에 태어나는 과정이 신기했다. 우리의 얘기가 하나의 곡으로 만들어진다는 게 짜릿했다. 윤슬이 덕분에 참 많은 것을 경험한다. 참 많이 성장한다. 아빠가 되지 않았다면 절대 몰랐을 감정들. 아빠가 되었기에 할 수 있는 소중한 이야기. '네가 웃으면'은 지금 이 순간 내가 할 수 있는 가장 솔직한 이야기다.

('내가 웃으면'은 각종 음원 사이트에서 들을 수 있습니다. 많이 들어주세요)

네가 웃으면

작사: 김한별 | 작곡: 강백수 | 편곡: 강백수, Keyor | 노래: 김한별

웃는 모습이 예쁜 사람을 만나기를 바랐어

나로 인해 그녀가 더 많이 웃게 되길 바랐어

어느 날 정말로 그런 사람이 내 삶에 들어왔어

그녀를 웃게 하는 것 그게 내 삶의 이유가 됐어

아름다운 날들을 켜켜이 쌓아가던 그녀와 내게

선물처럼 날아든 그녀의 예쁜 미소 꼭 닮은 아이

네가 웃으면 그녀가 웃어

그녀가 웃으면 나도 웃어

가끔은 감당하기 어려운 이 행복이

믿어지지 않을 때도 있어

네가 웃으면 난 괜찮아

매일 망가져도 괜찮아

은은히 반짝이는 윤슬 같은 미소를

지켜낼 수만 있다면 괜찮아

웃는 모습만 열 가지가 넘는 넌 신기한 아이

남들은 몰라도 난 그 의미를 다 알 수 있어

빤히 보는 눈 속에 바다보다 더 깊은 세상이 있어
혹시 나도 언젠간 그런 눈을 갖고 있었을까

네가 웃으면 그녀가 웃어
그녀가 웃으면 나도 웃어
가끔은 감당하기 어려운 이 행복이
믿어지지 않을 때도 있어

네가 웃으면 난 괜찮아
매일 망가져도 괜찮아
은은히 반짝이는 윤슬 같은 미소를
지켜낼 수만 있다면 괜찮아

먼 훗날 어른이 되어서도 부디
지금처럼 늘 간직하길
아낌없이 나눌 수 있길
그 미소를

너의 웃음은 그녀의 웃음
나를 비추는 두 개의 태양

가끔은 감당하기 어려운 이 행복이

믿어지지 않을 때도 있어

네가 웃으면 난 괜찮아

매일 망가져도 괜찮아

은은히 반짝이는 윤슬 같은 미소를

아빠가 항상 지켜줄게, 사랑해

라테파파 그 이후

#나가며

#복직후

#회사이야기

#앞으로의각오

#부끄럽지않은아빠가되기위해

#KBS정상화

"네가 웃으면 그녀가 웃어, 그녀가 웃으면 나도 웃어."

라테파파
그 이후

육아휴직, 복직 후 업무 배제. 그리고 이어지는 퇴사.

육아휴직을 한 몇몇 선배들의 고민을 들었을 때는 솔직히 나와는 거리가 있는 얘기라 생각했다. 나는 다를 것이라 자신했다. 적어도 방송국은 다를 거라고 생각했다. 하지만 육아휴직을 하는 사이 내 자리는 사라졌다.

복직 후 내게 주어진 일은 뉴스 1개와 라디오 1개뿐. 알게 모르게 업무에서 배제되기 시작했다. 심지어 6년 동안 해온 초등학생, 중학생 대상의 〈KBS 찾아가는 우리말 선생님〉 강의에서도 배제됐다. 명단에는 아직 발령도 받지 않은 다른 지역 소속의 선배 이름은 있었지만, 현재 부서에 있는 내 이름은 없었다. 그동안 스피치, 강의 관련 책도 쓰고 대학에서 1년 넘게 강의를 해왔는데도 배제된 것이다. 늘 해오던 관련 회의도 없이 일방적으로. 선배들도 도무지 이해할 수 없다는 반응이었다. 확인이 필요했다. 연유를 묻는 내게 부장은 스스로 배제시켰음을 인정했다. 납득할만한 이유는 없었다. 늘 일할 사람이 없다고 말하면서 업무는 주지 않았다. 보이지 않는 보복의 시작이었다. 이해가 되지 않는 상황들이 이어졌다.

복직하고 얼마 되지 않아 회사는 총파업에 들어갔다. '공영방송 정상화'를 위한 총파업이었다. 자신의 방송을 내려놓으면서까지 파업을 한다는 건, 방송국 직원으로서 할 수 있는 마지막 선택이었다. 그만큼 어려운 결정이었고, 절박했다. 그리고 나 역시 그동안 망가진 공영방송을 되찾기 위해 마이크를 다시 내려놨다. 한편으로는 다행이라고도 생각했다. 육아휴직을 하면서 삶의 방향이 명확해졌으니.

'윤슬이에게 부끄럽지 않은 방송을 하고 싶다.'

언젠가 방송에 나온 아빠를 보면서 기뻐할 윤슬이를 떠올린다. 그때 아빠가 하는 얘기가 적어도 원칙과 상식이 통하는 내용이면 좋겠다. 많이 힘든 상황이지만 잘못된 여러 가지를 바로잡는 계기가 될 것이라 믿는다. 방송도, 조직도, 회사도. 많은 것을 바라지는 않는다. 상식이 통하는 것. 그거면 된다.

140일이 넘는 KBS 역사상 가장 긴 파업. 그만큼 뿌리 깊은 병폐가 회사 곳곳에 남아 있었고, 너무 견고해서 깨뜨리기 어려웠으며, 그들 역시도 무척이나 끈질기게 버텼다. 그동안 상식이 통하지 않는 일들이 벌어지는 이유였다. 나를 아끼는 주변 사람들의 걱정이 늘었다. 월급도 받지 못하고 140일이 넘게 파업하고 있으니, 다들 '그럴 거면 복직하지 말고 계속 육아휴직을 하지'라며 농담 섞인 걱정을 했다. 뭐 나라고 알았을까? 부조리를 바로 잡는 것에, 비상식을 상식으로 만드는 것에 이렇게 많은 사람의 희생과 긴 시간이 필요한지 누구도 몰랐을 뿐. 그저, 옳은 일이니까, 해야 하는 일이니까 했던 것뿐이다. 파업에 동참한 이들이 힘든 싸움을 하는 이유는 소중한 누군가에게 부끄러워지고 싶지 않아서였다. 떳떳해지고 싶어서.

2018년 1월 24일, 142일이라는 가장 긴 파업을 끝으로 방송에 복귀했다. 제대로 된 공영방송을 위한 우리의 싸움은 승리로 끝이 났다. 하지만 모두가 알고 있다. 이 싸움은 끝난 게 아니라, 이제부터 시작이라는 것을. 그래서 우리에게는 기쁨보다 앞으로에 대한 걱정과 남다른 각오가 더 앞섰다. 하지만 한 가지. 우리가 142일 동안 그토록 지키고 싶었던 '올바른 길'에 대한 가치는 우리 모두 잊지 않을 것이다. 우리에게, 우리 가족에게 당당하고 떳떳해지는 그 날까지.

육아휴직과 파업은 내게 소중한 사람들의 존재를 다시 생각하는 기회가 되었다. 아내와 나, 그리고 윤슬이. 그리고 우리를

라테파파 그 이후

둘러싼 감사한 분들을 다시 생각하게 됐다. 지금 우리의 모습은 부모님과 가족, 소중한 사람들과 나눴던 모든 시간의 결과임을 새삼 느낀다. 이 시간의 끝에 어떤 결과가 기다릴지는 모르겠다. 하지만 이 시간도 어느 순간의 우리를 만드는 이유가 될 것이다. 가족에게 부끄럽지 않은 선택이었으니 그것으로 충분하다. 먼 훗날 우리는 지금 이 순간을 웃으며 추억하고 있을 테니.

많은 분의 도움을 받았다. 이 책은 그분들의 관심과 사랑의 결과물이다. 윤슬이와 우리 가족을 아껴주시는 모든 분께 감사를 전한다. 참 어려운 시간 속에서도 먼저 손 내밀고, 이 책이 나올 수 있게 끝까지 믿고 진행해 주신 이야기나무 출판사분들께도 감사드린다. 그리고 우리를 우리일 수 있게 해 준 양가 부모님과 가족들에게도 감사의 인사를 전한다. 끝으로 내가 평생 지켜야 할, 세상에서 가장 사랑하는 두 사람, 아내와 윤슬이에게 감사의 마음과 함께 이 책을 바친다.

라테파파